A METAMORFOSE

Dados Internacionais de Catalogação na Publicação (CIP)
(Câmara Brasileira do Livro, SP, Brasil)

Kafka, Franz, 1883-1924
    A metamorfose / Franz Kafka / tradução de
Marcus Penchel. Petrópolis, RJ : Vozes, 2018. –
(Vozes de Bolso – Literatura)

    Título original : Die Verwandlung
    ISBN 978-85-326-5845-6

    1. Ficção alemã I. Título. II. Série.

18-17596   CDD-833

Índices para catálogo sistemático:

1. Ficção : Literatura alemã   833

Cibele Maria Dias – Bibliotecária – CRB-8/9427

Franz Kafka
A METAMORFOSE

Tradução de Marcus Penchel

Vozes de Bolso

Título do original em alemão: *Die Verwandlung*, Kurt Wolff
Verlag, Leipzig, 1917.

A presente tradução foi realizada a partir do original alemão
disponibilizado como livro eletrônico na plataforma Gutenberg
em 21/08/2007 e atualizado
em 07/02/2011: www.gutenberg.org [EBook#22367].

© desta tradução:
2018, Editora Vozes Ltda.
Rua Frei Luís, 100
25689-900 Petrópolis, RJ
www.vozes.com.br
Brasil

Coordenação literária, comentários e notas: Leandro Garcia Rodrigues
Editoração: Ana Lucia Q.M. Carvalho
Diagramação: Sheilandre Desenv. Gráfico
Revisão gráfica: Fernando Sergio Olivetti da Rocha
Capa: visiva.com.br
Arte-finalização: Ygor Moretti
Ilustração de capa: Quarto de Schiele em Neulengbach,
Egon Schiele, 1911.

ISBN 978-85-326-5845-6

Este livro foi composto e impresso pela Editora Vozes Ltda.

I

Ao despertar de sonhos agitados certa manhã, em sua cama, Gregor Samsa viu-se transformado em um inseto monstruoso. De costas sobre a dura carapaça, ergueu um pouco a cabeça e olhou a barriga marrom proeminente dividida em arcos reforçados, da qual toda a coberta já havia deslizado para baixo, sem poder puxá-la de volta. Suas muitas pernas, lamentavelmente finas em contraste com a corpulência geral, debatiam-se inutilmente ante seus olhos.

"O que aconteceu comigo?" – pensou. Não estava sonhando. Seu quarto, de fato um quarto humano, apenas um pouco pequeno demais, estava em ordem entre as quatro paredes bem conhecidas. Acima da mesa, sobre a qual se desdobravam amostras de tecidos – Samsa era caixeiro-viajante –, pendia o quadro com um recorte de revista ilustrada que ele havia colocado dias antes em uma bonita moldura dourada. Mostrava uma senhora com barrete e estola de peles, sentada ereta e erguendo na direção do observador uma pesada manga também de pele que lhe ocultava todo o antebraço.

O olhar de Gregor virou-se então para a janela e o tempo sombrio – podia ouvir pingos de chuva tamborilando na armação – encheu-o de melancolia. "E se eu dormisse mais um pouco e esquecesse toda essa maluquice?" – pensou. Mas isso era totalmente impraticável, pois estava acostumado a dormir sobre o lado direito e em sua condição atual não conseguia virar para essa posição. Por mais que se lançasse com toda a força para o lado direito, balançava sempre de volta sobre a armadura dorsal. Tentou bem umas cem vezes, de olhos fechados para não ter que ver as perninhas se debatendo, e só parou quando começou a sentir do lado uma dorzinha incômoda e desconhecida.

"Ó, Deus", pensou, "que trabalho penoso eu fui escolher! Entra dia, sai dia, e pé na estrada. O desgaste de negociar é muito maior do que quando se trabalha no escritório. E ainda tem esse suplício das viagens, a preocupação com as conexões de trem, a comida irregular e ruim, o comércio humano sempre mutável, sem calor, nunca duradouro. Ao diabo com tudo isso!" Sentiu uma coceirinha no alto do estômago. Empurrou-se lentamente, de costas, até a cabeceira da cama em busca de apoio para levantar melhor a cabeça. Viu que o local da coceira estava cheio de pontinhos brancos que não soube explicar. Quis sentir a região com uma das pernas, mas retraiu-a imediatamente ao tocar e sentir uns arrepios gelados.

Deslizou de volta à posição anterior. "Esse negócio de levantar cedo", pensou, "deixa a gente completamente doido. As pessoas precisam dormir. Tem vendedor que vive igual a mulher de harém. De manhã, por exemplo, quando volto à hospedaria para anotar os pedidos recebidos, esses senhores ainda estão tomando café. Se eu tentasse o mesmo com meu chefe, ia ser despedido na hora. Quem sabe, aliás, isso não seria bom para mim? Se não me segurasse por causa dos meus pais, de há muito já teria largado isso, jogando na cara do patrão tudo o que eu penso, no fundo. Ele ia cair da cadeira! É mesmo esquisito sentar assim à mesa em plano elevado para falar do alto com seus funcionários, que além do mais têm que chegar perto por causa da surdez do patrão. Bem, ainda não morreu de todo minha esperança de um dia fazer isso mesmo, quando tiver juntado o dinheiro para pagar a dívida dos meus pais – pode levar mais uns cinco ou seis anos. Aí, darei a decisão. Mas, por ora, tenho que levantar, porque meu trem sai às cinco."

E olhou para o despertador tiquetaqueando na cômoda. "Pai do céu!" – pensou. Eram seis e meia e os ponteiros avançavam silenciosamente, já passava de meia hora, já eram quase quinze para as sete. Será que o alarme não tocou? Pôde ver da cama que tinha corretamente acertado para as quatro; com certeza havia tocado também. Sim, mas como seria possível dormir tranquilamente com esse alarme de rachar os móveis? Bem, ele não tinha dormido tranquilo, mas provavelmente mais pesado. O que fazer agora? O próximo trem saía às sete; para pegá-lo teria que correr feito louco e ainda embalar as amostras, além de não se sentir propriamente ágil nem absolutamente bem-disposto. E, mesmo que alcançasse o trem, não daria para evitar a fúria do patrão, pois um empregado da firma tinha esperado o trem das cinco e já havia entregue há muito o relatório sobre a sua falta. Era uma criatura do patrão, um invertebrado sem discernimento. Bem, e se tivesse adoecido? Seria muito suspeito e embaraçoso alegar isso, porque Gregor não ficara doente uma só vez em cinco anos de serviço. Com certeza o patrão viria com o médico do seguro-saúde, censuraria os pais pelo filho preguiçoso e rechaçaria todas as objeções dizendo que, para o médico do seguro, só existia gente saudável ou avessa ao trabalho. Aliás, estaria ele errado neste caso? Gregor na verdade sentia-se muito bem, fora uma leve sonolência realmente insignificante por ter dormido demais, e estava até com uma fome danada.

Enquanto se debatia aflito nesses pensamentos, sem decidir de vez levantar-se – o despertador já dava quinze para as sete –, bateram de leve na porta atrás da cabeceira da cama. "Gregor" – era a mãe –, "já são sete e quarenta e cinco. Resolveu não ir hoje?" A voz macia! Gregor levou um susto ao ouvir a própria voz respondendo, inequivocamente a sua voz de antes, mas mesclada a um piado como que por baixo dela, um bipe doloroso, não muito opressivo, mas que só no primeiro momento deixou as palavras formalmente claras, para em seguida destruir de tal modo sua sonoridade que não sabia se tinham sido ouvidas corretamente. Gregor tinha respostas detalhadas e queria explicar tudo, mas nessas circunstâncias limitou-se a dizer: "Sim, sim, obrigado, mãe, já estou de pé". Por causa da porta, a mudança na voz de Gregor provavelmente não foi notada do lado de fora, de modo que a mãe se tranquilizou e engoliu a resposta. Mas as poucas palavras trocadas informaram os outros membros da família que Gregor, ao contrário do que se esperava, ainda estava em casa, e logo era o pai que batia numa porta lateral, de leve, mas com o punho. "Gregor, Gregor", chamou, "o que está havendo?" E, após um breve instante, com voz mais firme: "Gregor! Gregor!" À outra porta lateral, entretanto, veio o lamentoso apelo da irmã: "Gregor! Não está se sentindo bem? Precisa de alguma coisa?" Aos dois lados ele respondeu "Já estou pronto" e fez um esforço para dar um tom bem natural à voz, com a mais cuidadosa emissão e longas pausas entre as palavras. O pai também voltou à mesa do café, mas a irmã sussurrou: "Gregor, abra a porta, por favor". Mas Gregor nem pensou em fazer isso e deu graças à prudência adquirida nas viagens, que mandava trancar as portas durante a noite.

Primeiro queria levantar-se calmamente e se trocar sem ser perturbado; aí, antes de mais nada, tomar café da manhã e, só depois, pensar no resto, pois percebeu que na cama não chegaria a uma conclusão sensata. Lembrou que, com frequência, na cama, sentia uma dorzinha, gerada talvez por dormir de mau jeito, que acabava ao levantar atribuindo a pura imaginação. E passou a se indagar como as ideias de hoje iriam aos poucos se dissipar. Que a mudança de voz não era senão o presságio de um forte resfriado, doença profissional dos caixeiros-viajantes, disso não tinha a menor dúvida.

Tirar o lençol era fácil; só teve que inflar-se um pouco e ele caiu por si. Mais que isso, porém, era difícil, especialmente por ser tão volumoso. Precisaria de braços e mãos para sentar-se; mas, em vez disso, tinha apenas as muitas perninhas se remexendo sem parar nos mais variados movimentos e que, além disso, não conseguia controlar. Se quisesse dobrar uma perna, tinha que ser da primeira vez que se esticasse; quando finalmente conseguiu fazer o que queria com uma delas, todas as outras, como que liberadas, agitaram-se na mais frenética e dolorosa movimentação. "Apenas não fique inutilmente na cama", disse Gregor para si.

De início quis sair do leito com a parte inferior do corpo, mas esta parte, que aliás ainda não tinha visto e da qual não podia realmente fazer ideia precisa, revelou-se muito difícil de mover; era tão lenta; e quando, por fim, quase com fúria, projetou-se à frente com toda a força, sem medir consequências, escolheu a direção errada, bateu violentamente no pé da cama e a dor ardente que sentiu lhe mostrou que justamente a parte inferior do corpo era talvez a mais sensível no momento.

Tentou então tirar da cama primeiro a parte de cima do corpo e cautelosamente girou a cabeça para a beirada. Isso foi fácil também e, apesar de seu peso e largura, a massa corpórea por fim seguiu lentamente a mesma direção. Mas ao erguer finalmente a cabeça para fora, no ar, teve medo de continuar avançando e acabar caindo, caso em que só não se machucaria por milagre. E a cabeça era exatamente o que não devia perder agora de jeito nenhum; melhor era ficar na cama.

Mas quando de novo suspirou tão fundo quanto antes e novamente viu as perninhas lutando umas com as outras ainda mais obstinadas, sem atinar como seria possível dar ordem e descanso a essa arbitrariedade, repetiu para si mesmo que não podia permanecer na cama e que sacrificar tudo era a coisa mais sensata a fazer se houvesse uma esperança, mínima que fosse, de sair da cama desse jeito. Ao mesmo tempo, no entanto, não deixou de lembrar que muito melhor que as decisões desesperadas era a mais tranquila e calma ponderação. Em tais momentos ele costumava lançar à janela o olhar mais incisivo possível, mas infelizmente, agora, a visão da névoa da manhã, que encobria até o outro lado da rua estreita, não lhe trouxe muita confiança e alegria. "Sete horas", disse a si mesmo quando o despertador tocou de novo, "sete horas e ainda esse nevoeiro". E por um tempo ficou deitado, quieto, a respiração fraca, como se esperasse talvez que do silêncio total ressurgissem situações apenas reais e óbvias.

Mas então disse a si mesmo: "Antes que dê sete e quinze, tenho que estar completamente fora da cama. Além do mais, daqui a pouco alguém deve vir da empresa perguntar por mim, pois ela abre antes das sete". E se pôs a balançar uniformemente todo o corpo para fora da cama.

Se caísse assim, talvez não machucasse a cabeça, pois pretendia mantê-la bem erguida na queda. As costas pareciam duras, de modo que não aconteceria nada com elas ao cair no tapete. Estava mais preocupado com o barulhão que haveria na certa e que provavelmente causaria alarme, senão susto, por trás de todas as portas. Mas tinha que arriscar.

Quando Gregor já estava quase metade para fora da cama – o novo método era mais um exercício do que um esforço para valer, tinha apenas que se remexer espasmodicamente –, sentiu como seria simples se viessem ajudá-lo. Bastavam duas pessoas fortes – pensou no pai e na empregada – para alçá-lo com os braços sob as costas arqueadas, removê-lo assim da cama e curvar-se para baixar o fardo, tendo o cuidado apenas de suportar o excesso de oscilação ao tocar o assoalho, onde então as perninhas supostamente fariam sentido. Agora, sem contar que as portas estavam trancadas, deveria mesmo pedir ajuda? Apesar de toda a enrascada, não pôde evitar um sorriso ante tal pensamento.

Já havia avançado tanto que mal conseguia manter o equilíbrio com oscilações mais fortes e tinha que tomar uma decisão final bem rápido, pois dentro de cinco minutos seriam sete e quinze – quando ouviu baterem à porta da casa. "É alguém da firma", disse consigo, e quase congelou, enquanto as perninhas dançavam ainda mais apressadas. Por um instante ficou tudo parado. "Não vão abrir", disse Gregor, presa de uma esperança sem sentido. Mas aí, claro, como sempre, a empregada caminhou até a porta com passos firmes e a abriu. Gregor só precisou ouvir a saudação inicial do visitante para saber quem era – o chefe em pessoa. Mas por que cargas d'água estava condenado a trabalhar numa empresa onde a menor falta gerava a maior suspeita? Não havia entre os funcionários, todos eles uns esfarrapados, ninguém com a lealdade de, em caso de não dar à empresa apenas algumas horas de uma manhã de trabalho, ficar louco de culpa e quase incapaz de sair da cama? Não bastava na verdade mandar chamar um jovem aprendiz – se é que isso fosse indispensável? Tinha que vir o próprio chefe do escritório para com isso mostrar a toda a inocente família que a investigação desse caso suspeito só podia ser confiada à autoridade da administração? E mais, como resultado da tensão em que Gregor foi lançado por essas considerações e não em função de uma decisão correta, ele se projetou com toda a força para fora da cama. Houve um forte baque, mas não um barulho de verdade. O tapete amorteceu um pouco a queda e as costas se mostraram mais elásticas do que Gregor supunha, de modo que o som abafado do choque não foi tão evidente. Só não manteve a cabeça cuidadosamente bem erguida e acabou batendo com ela; virou-a então e a esfregou no tapete com raiva e dor.

"Caiu alguma coisa lá dentro", disse o gerente da firma na sala à esquerda. Gregor tentou imaginar se um dia poderia acontecer ao chefe algo parecido com o que estava acontecendo hoje a ele. Com efeito, você tem que admitir a possibilidade. Mas, como numa resposta cabal à especulação, seu chefe deu alguns passos medidos na sala ao lado e rangeu as botas de couro envernizado. Do quarto adjacente à direita, sua irmã sussurrou para informar: "Gregor, o gerente está aqui". "Eu sei", disse Gregor para si mesmo, mas tão alto que a irmã poderia ter ouvido; não se atrevia a levantar a voz.

"Gregor", falou o pai na sala à esquerda, "o gerente veio saber por que você não tomou o trem hoje cedo. Não sabemos o que dizer a ele. Aliás, ele também quer conversar pessoalmente com você. Então, por favor, abra a porta. Ele terá a bondade de desculpar o quarto desarrumado". "Bom dia, Senhor Samsa", falou o gerente em tom amistoso. "Ele não está bem", disse a mãe ao gerente, enquanto o pai ainda falava à porta. "Ele não está bem, acredite, senhor. Como Gregor ia perder o trem se estivesse bem? Ele só pensa no serviço, é a única coisa que tem na cabeça. Quase me dá raiva esse rapaz, nunca sai de noite; agora ficou oito dias na cidade, mas toda noite em casa. Fica aí sentado à mesa, calmamente lendo o jornal ou examinando os horários de viagem. Já é uma distração para ele quando se ocupa de trabalho em madeira. Por exemplo, nas últimas três ou quatro noites entalhou uma pequena moldura; o senhor vai ficar espantado como é bonita; está pendurada lá no quarto, o senhor vai ver quando Gregor abrir. Por sinal, fico feliz que o senhor esteja aqui, senhor gerente; sozinhos não íamos fazer Gregor abrir a porta; ele é tão teimoso; e com certeza não está bem, embora tenha negado de manhãzinha." "Já estou indo", disse Gregor lentamente, de forma deliberada, e não se mexeu para não perder nenhuma palavra da conversa. "Eu mesmo, por mim, minha senhora, não consigo explicar isso", disse o chefe do escritório. "Espero que não seja nada grave. Embora, por outro lado, tenha que dizer que nós, gente do comércio, feliz ou infelizmente, como queira, somos com frequência forçados simplesmente a passar por cima de uma ligeira indisposição por causa dos negócios." "E então, o gerente já pode entrar para vê-lo?" – perguntou o pai, impaciente, batendo de novo na porta. "Não", disse Gregor. Na sala adjacente à esquerda fez-se um silêncio embaraçoso, no quarto à direita a irmã começou a soluçar.

Por que então a irmã não ia ter com os outros? Provavelmente ela tinha acabado de se levantar agora e ainda não havia começado a se vestir. E por que chorava então? Por ele não ter se levantando e não ter deixado o gerente entrar? Porque corria o risco de perder o emprego e o patrão aí iria perseguir os pais por causa das velhas dívidas? Agora, porém, essas eram provavelmente preocupações inúteis. Gregor ainda estava aqui por enquanto e não tinha a menor intenção de abandonar a família. Nesse exato instante estava bem estirado no tapete e ninguém que soubesse da sua situação iria lhe pedir seriamente para deixar entrar o chefe. Mas por causa dessa pequena descortesia, para a qual mais tarde facilmente encontraria de certo uma desculpa passável, Gregor não podia ainda ser mandado embora. E lhe parecia bem melhor deixá-lo em paz por ora do que perturbá-lo com choro e persuasão. Mas era apenas a incerteza que inquietava os outros, o que desculpava o comportamento deles.

"Senhor Samsa", chamou então o chefe, elevando a voz, "qual é o problema? O senhor se entrincheirou aí no seu quarto, responde apenas sim ou não, aflige seus pais com sérias e desnecessárias preocupações e – apenas por sinal, diga-se de passagem – descumpre suas obrigações profissionais de maneira absolutamente inusitada. Falo aqui em nome dos seus pais e do patrão e lhe peço por favor, com toda a seriedade, uma imediata e clara explicação. Estou espantado, espantado! Eu pensava que conhecia o senhor como uma pessoa calma e ponderada, e agora, de repente, parece que quer dar trela a estranhos caprichos. O patrão com efeito aventou hoje cedo uma possível explicação para a sua falta ao serviço – tinha a ver com a cobrança de uma dívida ao senhor recentemente –, mas eu praticamente empenhei minha palavra de honra de que isso não podia ser verdade. Mas agora vejo aqui a sua teimosia incompreensível e perco totalmente a vontade de me pôr do seu lado o mínimo que seja. E a sua situação não é a melhor. Eu tinha de início a intenção de lhe dizer tudo isso em particular, mas, como o senhor me faz perder meu tempo aqui inutilmente, não sei por que os senhores seus pais não devam também ficar a par. O seu desempenho nos últimos tempos tem sido mesmo muito insatisfatório; é verdade que esta não é a melhor época do ano para os negócios, isso nós reconhecemos; mas não há uma época do ano em que não se possa fazer negócios, Senhor Samsa, isso não existe".

"Mas, senhor gerente", exclamou Gregor, esquecendo na excitação tudo o mais, "já vou abrir num instante. Um ligeiro mal-estar, uma tontura, me impediu de levantar. Ainda me encontro na cama. Mas agora já estou inteiramente recuperado. Estou me levantando agora. Tenha só mais um pouquinho de paciência! Não estou ainda tão bem como pensava. Mas já estou bem melhor. Como é que pode acontecer uma coisa dessas a alguém? Ainda ontem à noite me sentia ótimo, meus pais são testemunhas, ou melhor, já na noite de ontem tive um ligeiro pressentimento. Tinham que ter visto como eu estava. Por que simplesmente não avisei na empresa? Mas a gente sempre acha que a doença vai ceder, mesmo se a gente não ficar em casa! Senhor gerente! Poupe meus pais! Pois não há nenhum fundamento em todas essas acusações que o senhor me faz; não me disseram uma só palavra sobre isso. Talvez o senhor não tenha lido o último pedido que entreguei. Além disso, ainda vou pegar o trem das oito; essas horas de descanso me restauraram as forças. Não se detenha mais, senhor gerente; eu mesmo já estou correndo para o trabalho; e tenha a bondade de dizer isso e me recomendar ao patrão!"

E enquanto Gregor punha tudo isso para fora num jorro, sem saber direito o que dizia, aproximou-se com facilidade da cômoda na cabeceira, graças ao exercício de se esticar todo na cama, e tentava agora se erguer. Queria de fato abrir a porta, deixar na verdade que o vissem e falar com o chefe; estava ansioso para saber o que os outros, que agora exigiam isso, diriam ao vê-lo. Se ficassem assustados, Gregor não teria mais que se justificar e poderia se acalmar. E se engolissem tranquilamente a história, não teria mais nenhum motivo para se afligir e, se corresse, poderia de fato chegar às oito na estação. Primeiro deslizou algumas vezes sobre a cômoda envernizada, depois deu uma última rebolada e finalmente se pôs de pé; não se importava mais nem um pouco com a dor na barriga, embora latejasse bastante. Aí recuou e se deixou cair sobre uma cadeira próxima, a cujas beiradas se agarrou com as perninhas. Com isso conseguiu recuperar o autocontrole e se aquietou, podendo então ouvir o gerente da firma.

"Entenderam uma só palavra?" – perguntou ele aos velhos. "Não está tentando nos fazer de bobos?" "Pelo amor de Deus", exclamou a mãe por entre lágrimas. Talvez ele esteja muito doente e a gente aqui a torturá-lo. "Grete! Grete!", gritou. "Mãe?" – gritou a filha do outro lado. Elas se comunicavam tendo o quarto de Gregor entre as duas. "Vá imediatamente ao médico. Gregor está doente. Chame o médico, corre! Você ouviu o Gregor falando?" "Foi uma voz de animal", disse o chefe do escritório, num tom surpreendente-mente baixo ante os gritos da mãe. "Anna! Anna", gritou o pai do vestíbulo para a cozinha, batendo as mãos, "vá chamar logo um chaveiro!" E num piscar de olhos as duas moças apareceram corren-do a farfalhar as saias – como é que a irmã tinha se vestido tão rápido? – e saíram, abrindo violenta-mente as portas da rua. Não se ouviu as portas ba-terem; ficaram escancaradas como nas casas onde acontece uma grande desgraça.

Gregor, no entanto, estava bem mais calmo. Mas também na verdade não entendiam mais suas palavras, embora soassem bem claras para ele, mais claras do que antes, talvez porque o ouvido se tivesse acostumado. Pelo menos continuavam achando que não estava tudo bem com ele e se dispunham a ajudá-lo. A firmeza e segurança com que foram dadas as primeiras ordens lhe fizeram bem. Sentia-se de novo transportado ao círculo humano e esperava de ambos, médico e chaveiro, sem propriamente distingui-los, coisas excelen-tes e surpreendentes. A fim de clarear a voz ao máximo para as discussões cruciais que se apro-ximavam, tossiu um pouco, mas se esforçando em abafar o som, uma vez que até sua tosse possivel-mente não soasse humana, o que ele mesmo já não ousava decidir. Na sala ao lado, enquanto isso, tudo se aquietou. Talvez os pais estivessem sentados à mesa com o gerente, sussurrando, talvez se inclinassem todos à porta, na escuta.

Gregor empurrou-se lentamente na cadeira até a porta, ergueu-se e se jogou contra ela, ficando agarrado ali – as patinhas eram um pouco grudentas nas juntas – e por um momento descansou do esforço. Então, com a boca, pôs-se a girar a chave na fechadura. Infelizmente, parece que não tinha dentes de verdade – como prender a chave? – mas claro que as mandíbulas eram muito fortes e com sua ajuda pôde de fato colocar a chave em movimento, nem ligando de estar sem dúvida se ferindo com isso, pois um líquido marrom que lhe saía da boca escorreu pela chave e pingou no chão. "Escutem!" – disse o gerente na sala ao lado. "Ele está girando a chave na fechadura." Foi um grande incentivo para Gregor; mas todos devem tê-lo estimulado, inclusive o pai e a mãe. "Vamos, Gregor", devem ter dito: "Mais, gire mais!" E na suposição de que todos os seus esforços eram acompanhados pela torcida ansiosa, mordeu a chave com toda a força que podia, sem pensar. À medida que a chave girava, ele dançava ao redor da fechadura, agarrado na vertical apenas com a boca e, de acordo com a necessidade, ora simplesmente pendurado, ora comprimindo a chave mais fundo na fechadura com todo o peso do corpo. Por fim o estalo vivo da fechadura oficialmente acordou Gregor. Tomando fôlego, disse a si mesmo: "Não preciso de chaveiro". E arriou a cabeça sobre o trinco para finalmente abrir a porta.

Como teve que abrir a porta dessa maneira, ela já estava na verdade inteiramente aberta, mas ele mesmo ainda não era visível. Tinha primeiro que contornar lentamente uma de suas abas e com muito cuidado se não quisesse se esborrachar de costas bem na entrada da sala. Estava ainda ocupado nesse movimento difícil, sem tempo de atentar para mais nada, quando ouviu a forte exclamação do gerente, um "Oh!" que pareceu uma lufada de vento, e viu então que o chefe, que era quem estava mais perto da porta, levou também a mão à boca aberta e retrocedeu devagar, como que empurrado por uma força invisível e constante. A mãe – que, apesar da presença do gerente, ainda estava com o cabelo solto da noite – olhou primeiro, de mãos trançadas, para o pai, depois deu dois passos na direção de Gregor e desabou no chão com as saias espalhadas ao redor e o rosto afundado no peito, inescrutável. O pai cerrou o punho com uma expressão hostil, como se quisesse empurrar Gregor de volta ao quarto, aí olhou em volta da sala, inseguro, cobriu os olhos com a mão e chorou a ponto de estremecer o peito possante.

Gregor não chegou a entrar na sala, encostado em vez disso, por dentro, à aba fechada da porta, de modo que só metade do corpo era visível e, encimando-a, a cabeça inclinada para o lado, com a qual observava os outros. O tempo estava bem mais claro agora e se via do outro lado da rua uma faixa da infinita parede cinza da casa vizinha – um hospital – com suas duras janelas frontais regularmente dispostas; ainda chovia, mas só grandes gotas isoladas que se podiam ver caindo uma a uma na terra. Enorme quantidade de louça do café da manhã espalhava-se sobre a mesa, pois para o pai essa era a refeição mais importante do dia, na qual passava horas a ler diversos jornais. Justo na parede oposta havia uma fotografia de Gregor da época do serviço militar, a exigir respeito no uniforme e pose de tenente, mão no punho da espada e sorriso de desdém. A porta que dava para o vestíbulo estava aberta e, uma vez que também aberta ficara a porta do apartamento, via-se lá fora o corredor do andar e o começo da escada para o térreo.

"Agora", disse Gregor, com isso percebendo claramente que era o único a manter a calma, "vou pegar as amostras e partir. Queiram, por favor, me dar licença. Veja, senhor gerente, não sou cabeça-dura e trabalho com gosto; as viagens são cansativas, mas não posso viver sem elas. Aonde vai agora, senhor gerente? Para a empresa? É? Pode relatar tudo fielmente? A gente pode em determinado momento se sentir indisposto para o trabalho, mas logo se lembra do que já realizou e vê que mais tarde, superados os obstáculos, com certeza vai trabalhar com mais vontade e solidariedade ainda. Sou muito penhorado ao patrão, o senhor bem sabe. Por outro lado, preocupo-me com meus pais e minha irmã. Estou em apuros no momento, mas vou conseguir sair dessa. Mas não torne as coisas ainda mais difíceis para mim do que já estão. Defenda o meu lado na empresa! As pessoas não gostam de caixeiro-viajante, eu sei. Pensam que a gente faz dinheiro fácil e leva uma vida mole. É um preconceito, mas não há nenhuma razão especial para pensarem diferente. Mas o senhor, senhor gerente, tem uma visão geral melhor da situação do que o resto do pessoal, melhor até – e digo isso confidencialmente – do que o próprio patrão, que na sua condição de empresário pode facilmente se deixar confundir ao julgar contra um funcionário. O senhor sabe também muito bem que o vendedor viajante, que passa quase o ano inteiro fora da empresa, é vítima fácil de fuxicos, de acasos e de acusações infundadas, para ele totalmente impossíveis de combater, pois na maioria das vezes nem fica a par dessas coisas e só quando volta exausto para casa, depois de uma viagem, é que as consequências nefastas, cujas causas já não pode investigar, se fazem sentir no próprio corpo. Senhor gerente, não vá embora sem me dizer uma palavra que me mostre que o senhor me dá ao menos um pouco de razão!"

Mas o gerente já havia se virado às primeiras palavras de Gregor e só por sobre os ombros encolhidos olhou de volta para ele, lábios repuxados para cima. E enquanto Gregor falava, não ficou um segundo parado, girando na direção da porta, sem tirar os olhos dele, mas bem gradualmente, como se houvesse alguma proibição de deixar a sala. Logo chegou ao vestíbulo e o súbito movimento que fez ao tirar o pé pela última vez da sala de estar poderia fazer crer que a sola do sapato queimava. No vestíbulo estendeu então a mão direita à frente rumo à escada, como se o esperasse lá uma redenção simplesmente sobrenatural.

Gregor percebeu que de jeito nenhum devia deixar o gerente ir embora dessa maneira, para não colocar em altíssimo risco a sua posição na empresa. Os pais não entendiam tudo isso muito bem; tinham formado ao longo dos anos a convicção de que Gregor ficaria nessa empresa a vida toda e, além do mais, tinham tanto com que se preocupar no momento que perderam todo o senso de previsão. Mas Gregor conseguia prever. Tinha que deter o gerente, acalmá-lo, convencê-lo e, por fim, sobretudo, demovê-lo; o futuro de Gregor e de sua família dependia disso! Se a irmã estivesse aqui! Ela era esperta; já havia chorado quando Gregor ainda estava quieto deitado de costas. E com certeza teria distraído o mulherengo do gerente, fechando a porta do apartamento para segurá-lo no vestíbulo e aliviá-lo do susto. Mas, como a irmã não estava lá, o próprio Gregor tinha que agir. E sem pensar que ainda desconhecia sua atual mobilidade, sem pensar também que sua fala possivelmente – provavelmente! – não seria entendida de novo, largou a porta e se lançou fora, querendo ir atrás do gerente, que já se agarrava ridiculamente com ambas as mãos às grades da escada; mas logo, ao tentar parar, Gregor caiu sobre as muitas perninhas, com um gritinho. Mal aconteceu isso, sentiu pela primeira vez esta manhã um bem-estar físico; as patinhas tinham chão firme sob si e obedeciam inteiramente, como notou com alegria, dispostas mesmo a levá-lo onde quisesse; e já achou que a superação final de todo o sofrimento era iminente. Mas no mesmo instante, enquanto balançava ali num movimento contido, sua mãe, que jazia não muito longe no assoalho, aparentemente tão absorta, deu um salto, braços estendidos para o alto, mãos espalmadas, e gritou: "Socorro, socorro pelo amor de Deus!" Inclinou a cabeça como se quisesse ver melhor o filho, mas, contraditoriamente, saiu correndo. Esquecendo que atrás dela estava a mesa posta, ao depará-la na pressa sentou-se sobre ela, como que privada da razão, e pareceu não notar que do grande bule que virou a seu lado o café derramava-se em cachoeira sobre o tapete.

"Mãe, mãe", disse Gregor baixinho, erguendo os olhos para ela. Por um momento esqueceu por completo o gerente; mas não pôde evitar, vendo o café derramando, de dar um estalo com a boca. Com isso a mãe de novo se pôs a gritar, disparando da mesa e caindo nos braços do pai que correu para ela. Mas Gregor no momento não tinha tempo para os pais; o chefe do escritório já estava na escada e, com o queixo no corrimão, olhou para trás uma última vez. Gregor deu uma corridinha, a mais disfarçada possível, para alcançá-lo; o gerente deve ter desconfiado, pois de um salto pulou vários degraus e desapareceu com um grito – "Uuh!" – que ecoou por todo o vão da escada. Infelizmente a fuga do gerente parece ter perturbado completamente o pai, que até ali se mantivera relativamente calmo, pois em vez de sair ele mesmo no encalço do fugitivo ou pelo menos não impedir Gregor de fazê-lo, agarrou com a mão direita a bengala que o chefe do escritório havia deixado para trás numa cadeira junto com o chapéu e o sobretudo, com a esquerda apanhou um grande jornal sobre a mesa e, batendo os pés no assoalho, começou a enxotar Gregor de volta ao quarto, brandindo a bengala e o jornal. Gregor não pediu ajuda, pois não teria sido entendido, preferindo humildemente girar a cabeça, e o pai bateu os pés com mais força. A mãe, apesar do frio, levantou uma janela do outro lado, inclinou-se e colocou o rosto para fora, entre as mãos. Entre o beco e a escada soprou uma forte lufada de ar que fez voar as cortinas na janela e farfalhar os jornais em cima da mesa, espalhando algumas folhas pelo chão. O pai o enxotava, insistente, com um assobio selvagem. Acontece que Gregor não tinha nenhuma prática de andar para trás e ia bem devagar na verdade. Se pudesse virar, já estaria no quarto, mas tinha medo de deixar o pai mais impaciente com uma lenta rotação e estava sob a ameaça de um golpe mortal de bengala, a qualquer momento, nas costas ou na cabeça. Por fim, no entanto, Gregor não teve outra escolha, pois se deu conta, horrorizado, de que jamais iria na direção certa andando para trás; e então começou a virar o mais rápido que podia, mas na verdade bem devagar, sem parar de olhar ansiosamente de lado para o pai. Talvez o pai tenha notado sua boa vontade, porque não o perturbou nisso, dirigindo ao contrário o seu giro aqui e ali, de longe, com a ponta da bengala. Se ao menos parasse o assobio insuportável! Aquilo fez Gregor perder a cabeça. Já havia quase virado completamente quando, ouvindo aquele silvo, se descontrolou e voltou atrás um pouquinho. Mas quando afinal se viu, feliz, com a cabeça diante da porta, notou que seu corpo era largo demais para passar pela abertura. Claro que ao pai, no estado mental em que se encontrava, não ocorreu abrir de longe, de alguma forma, a outra aba da porta para dar passagem suficiente a Gregor. Sua ideia fixa era apenas que este voltasse o mais rápido possível ao quarto. Jamais permitiria os complicados preparativos de que Gregor precisava para se erguer e talvez dessa maneira passar pela porta. Como se não houvesse qualquer obstáculo, conduzia Gregor agora fazendo um ruído especial, que não parecia de modo algum a voz de um pai por trás dele; isso não era nenhuma brincadeira e Gregor tratou de se espremer na porta, como parece que ele queria. Um lado do corpo foi levantado e ficou torto na porta, o flanco ardendo bastante ao se esfregar nela e deixar manchas feias na tinta branca, ficando preso e sem poder se mover, as patinhas de um lado trêmulas no ar, do outro dolorosamente esmagadas no assoalho – então o pai lhe deu um forte golpe por trás que realmente o desentalou e arremessou longe para dentro do quarto, sangrando abundantemente. A porta foi batida com a bengalada e por fim tudo se aquietou.

II

Só ao escurecer Gregor acordou de um sono pesado e impotente. Certamente não teria acordado muito depois, mesmo sem qualquer perturbação, pois tinha dormido bastante e se sentia bem descansado, mas pareceu-lhe ter sido despertado por umas passadas rápidas e um cauteloso fechamento da porta que leva da sala ao vestíbulo da entrada. Os bondes elétricos lançavam vez por outra uma pálida luminosidade no teto e na parte de cima dos móveis, mas sobre Gregor, embaixo, ficava escuro. Arrastou-se devagar em direção à porta, tateando ainda desajeitado com suas antenas, que aprendia agora a apreciar pela primeira vez, para ver o que havia acontecido na sala. Seu lado esquerdo parecia ter uma única, extensa e incômoda cicatriz e ele coxeava das duas fileiras de patas. Uma perninha, aliás, tinha sido gravemente ferida nos incidentes da manhã – era quase um milagre que só uma estivesse ferida – e se arrastava sem vida.

Só ao alcançar a porta percebeu o que de fato o havia atraído ali: era o cheiro de alguma coisa comestível, pois havia uma tigela com pedacinhos de pão branco nadando em leite adocicado. Quase riu de alegria, ainda mais faminto estava que de manhã, e de uma vez mergulhou a cabeça no leite até praticamente cobrir os olhos. Mas logo recuou num repelão, desapontado; não apenas o lado esquerdo estropiado dificultava alimentar-se – e só podia comer se todo o corpo ofegante colaborasse – como ainda por cima chegou a provar o leite, outrora sua bebida favorita, que com certeza a irmã por isso colocara ali para ele, mas agora absolutamente não! Desviou-se quase com nojo da tigela e rastejou de volta para o meio do quarto.

Na sala de estar o gás estava aceso, como Gregor viu pela greta da porta, mas ao contrário da leitura do jornal da tarde que o pai costumava fazer a essa hora, em voz bem alta, para a mãe e muitas vezes também para a irmã, não se ouvia agora som algum. Talvez essa leitura, sobre a qual a irmã sempre lhe escrevia e falava, não fosse mais habitual nos últimos tempos. Tudo ao redor estava tão silencioso, embora com certeza a casa não estivesse vazia. "Mas que vida calma a família levava", se disse Gregor e sentiu, fixando o olhar no escuro, um grande orgulho por ter conseguido dar aos pais e à irmã uma vida tão tranquila em uma bela moradia. Como podia então o terror pôr fim a toda a quietude, todo o bem-estar, toda a felicidade? Para não se perder nesses pensamentos, Gregor preferiu se movimentar e rastejou no quarto para cima e para baixo.

Durante a longa noite uma das portas laterais foi aberta uma vez e a outra também uma vez, só uma pequena fresta, mas rapidamente fechadas de novo; alguém tinha decerto vontade de entrar, mas também muita hesitação. Gregor deu imediatamente uma parada na porta da sala, decidido a fazer entrar de alguma maneira a visita hesitante ou pelo menos descobrir quem era; mas agora a porta não foi aberta mais e Gregor esperou em vão. Hoje cedo, quando as portas estavam trancadas, todos queriam entrar para vê-lo; depois que ele tinha aberto uma porta e a outra parecia ter sido aberta ao longo do dia, ninguém mais veio e agora as chaves, além disso, estavam do lado de fora.

Só tarde da noite apagou-se a luz na sala de estar e era fácil perceber que os pais e a irmã ficaram acordados até aquela hora, pois pôde ouvi-los recolhendo-se nas pontas dos pés. Agora com certeza ninguém mais viria a Gregor até de manhã; ele tinha assim um longo tempo para pensar, sem ser perturbado, como reorganizar sua vida. Mas o alto quarto vazio em que foi forçado a ficar, espojado no chão, lhe dava medo, sem que pudesse entender por que, uma vez que era o quarto que ele ocupava há cinco anos – e com um movimento meio involuntário e não sem uma ponta de vergonha rastejou para baixo do sofá, onde, apesar das costas um pouco espremidas e de não poder mais levantar a cabeça, mesmo assim sentiu-se bastante confortável e só lamentou que seu corpo fosse grande demais para se enfiar inteiro comodamente debaixo do sofá.

Ali ficou a noite toda, que passou meio dormindo, acordando várias vezes assustado, com fome, meio entregue a preocupações e esperanças difusas, que no entanto levaram afinal à conclusão de que no momento ele se portava com calma e era possível, por meio da paciência e máxima consideração dos familiares, tornar suportável o inconveniente que ele se via forçado a causar-lhes em sua condição atual.

Estava ainda escuro, bem cedinho, quando Gregor teve a oportunidade de comprovar o efetivo acerto de sua resolução, pois a irmã, já quase inteiramente vestida, abriu a porta do quarto e olhou, tensa, para dentro. Não o localizou de imediato, mas quando o percebeu debaixo do sofá – meu Deus, tinha que estar em algum lugar, não podia ter escapado – ficou tão assustada que, sem poder se controlar, fechou de novo a porta, batendo-a por fora. Mas, como arrependida do gesto, abriu-a outra vez e entrou pé ante pé, como se fosse o quarto de alguém gravemente enfermo ou de um estranho. Gregor comprimia a cabeça na borda do sofá e a observava. E se ela pudesse notar que ele tinha deixado o leite de lado, na verdade não por falta de apetite, e quisesse trazer outra refeição que lhe apetecesse mais? Mas tinha que perceber e agir por si mesma, ele preferia morrer de fome a chamar sua atenção para isso, embora se sentisse realmente impelido debaixo do sofá a sair e jogar-se aos pés da irmã para lhe pedir alguma coisa boa de comer. A irmã, porém, logo notou com surpresa a tigela ainda cheia, da qual só um pouco de leite fora derramado ao redor, erguendo-a então, não de mãos nuas, mas com um trapo, e levando-a para fora. Gregor ficou extremamente curioso para saber o que ela traria em troca e fez as mais diversas conjeturas a respeito. Jamais poderia ter adivinhado, porém, o que a irmã realmente faria na sua bondade. Ela lhe trouxe, para testar o seu gosto, uma sortida variedade de coisas, dispostas sobre uma velha folha de jornal. Havia legumes meio podres, ossos do jantar em restos de molho branco endurecido, algumas passas e amêndoas, um queijo que dois dias antes Gregor declarara intragável, pão seco, outro besuntado de manteiga sem sal e um de manteiga com sal. A tudo isso acrescentou a tigela certamente reservada em definitivo a Gregor, na qual colocara água. E por delicadeza, sabendo que ele não comeria diante dela, afastou-se rápido e até deu uma volta na chave só para Gregor saber que podia ficar completamente à vontade. As patinhas dele vibraram, zunindo para a comida. De resto, seus ferimentos já deviam estar totalmente curados, pois não sentia mais qualquer entrave; ficou espantado com isso e lembrou que mais de um mês antes tinha se cortado bem pouquinho no dedo com o canivete e ainda anteontem o corte doía bastante. "Será que tenho menos sensibilidade agora?" – pensou, chupando avidamente o queijo, que mais que todos os outros alimentos fortemente o atraíra de imediato. Rápido, com os olhos lacrimejando de prazer, atacou um após outro o queijo, os legumes e o molho; os alimentos frescos, ao contrário, não o apeteciam e não podia sequer suportar o seu cheiro, chegando mesmo a arrastar um pouquinho para longe as coisas que queria comer. Já havia terminado tudo fazia tempo e apenas continuava preguiçosamente no mesmo lugar quando a irmã girou lentamente a chave para avisar que ele devia afastar-se. O que de imediato o assustou, embora estivesse quase dormindo, fazendo-o correr de volta para debaixo do sofá. Mas foi preciso muito autocontrole, mesmo no pouco tempo em que a irmã esteve no quarto, para permanecer ali embaixo, pois seu corpo inchou um pouco com a farta alimentação e naquele aperto não conseguia respirar. Com ligeiros acessos de sufocamento e olhos um tanto esbugalhados, viu a irmã recolher com uma vassoura não apenas os restos, mas também, inocente, a comida que ele deixou intocada, como se essa também não fosse mais aproveitável, e rapidamente despejar tudo num balde que em seguida fechou com uma tampa de madeira e levou para fora. Mal ela se virou para sair, Gregor disparou do seu posto sob o sofá, esticou-se e respirou, livre do aperto.

Dessa maneira ele passou diariamente a receber sua comida, uma vez de manhã, quando os pais e a empregada ainda dormiam, outra depois que todo mundo almoçava, pois então os pais dormiam mais um pouco e a irmã mandava a empregada à rua para alguma tarefa. Com certeza eles também não queriam que Gregor passasse fome, mas talvez não pudessem suportar mais que saber que ele era alimentado, enquanto a irmã, provavelmente, quisesse apenas poupar-lhes mais um dissabor, porque na verdade eles já sofriam o bastante.

Que desculpa deram aquela manhã ao médico e ao chaveiro para dispensá-los quando chegaram a casa não saberia Gregor dizer, pois, como não podia ser entendido, ninguém achava, com certeza nem a irmã, que ele pudesse entender os outros e, assim, devia contentar-se, quando a irmã encontrava-se em seu quarto, em ouvir aqui e ali os suspiros que ela dava e as invocações que fazia aos santos. Só mais tarde, quando ela já se acostumara um pouco com aquilo tudo – claro que se acostumar completamente estava fora de questão –, podia Gregor por vezes captar uma observação amistosa ou que assim supunha. "Hoje ele gostou, vejam só", dizia ela quando Gregor limpava a tigela, ao passo que no caso oposto, que se tornava cada vez mais frequente, costumava dizer, quase triste: "Deixou tudo de novo sem tocar".

Embora não pudesse ouvir qualquer notícia diretamente, Gregor ouviu algumas da sala adjacente, e agora quando ouvia vozes corria e colava todo o corpo à porta. Sobretudo no início nenhuma conversa em casa tratava de outra coisa que não fosse de algum modo, ainda que disfarçadamente, sobre ele. Durante dois dias pôde ouvir em todas as refeições discussões sobre como deviam comportar-se agora; mas também entre as refeições falava-se sobre o mesmo tema, pois sempre havia pelo menos dois membros da família em casa, uma vez que ninguém queria ficar sozinho lá e não era possível de maneira alguma abandonar inteiramente a casa. Também, já no primeiro dia, a empregada – não estava claro o que e o quanto ela soube do que se passara – tinha implorado de joelhos à mãe para que a dispensasse de imediato e, um quarto de hora depois, quando se retirava, agradeceu em lágrimas à mãe pela demissão, como se essa fosse a melhor coisa que lhe acontecera ali e, sem que lhe pedissem isso, fez o terrível juramento de não falar nada a ninguém.

Agora a irmã e a mãe tinham também que cozinhar; mas isso não era grande estorvo, porque ninguém estava comendo praticamente nada. Toda hora Gregor ouvia um chamando o outro em vão para comer e a resposta era sempre "obrigado, estou cheio", ou algo parecido. Talvez não se bebesse nada também. Muitas vezes a irmã perguntava ao pai se ele queria uma cerveja e se oferecia cordialmente a ir ela mesma buscar, mas, como o pai ficava calado, ela dizia, para poupar-lhe qualquer constrangimento, que podia em vez disso mandar a zeladora do prédio trazer, mas aí o pai finalmente dava um redondo "não" e não se falava mais nisso.

Logo no primeiro dia o pai expôs toda a situação e as perspectivas financeiras à mãe e à irmã. De vez em quando se levantava da mesa e tirava algum livro ou registro contábil do cofre com a pequena poupança que havia salvo da falência seu negócio cinco anos antes. E ouviam como abria o complicado segredo e, depois de pegar o que buscava, voltava a fechar. Esses esclarecimentos do pai foram de certa forma a primeira coisa agradável que Gregor pôde ouvir após a sua reclusão. Achava que nada tinha restado do negócio do pai, pelo menos este não lhe dissera o contrário, e Gregor também não havia perguntado coisa alguma. Sua única preocupação na época tinha sido sacrificar tudo para que a família pudesse esquecer o mais rápido possível o azar nos negócios que lhe trouxera uma completa desesperança. E assim passou a trabalhar com ardor especial e quase da noite para o dia tornou-se caixeiro-viajante, um vendedor comissionado, que naturalmente tinha muitas possibilidades de faturamento. O sucesso alcançado logo se traduzia em dinheiro sonante por meio das comissões, que colocava na mesa da família espantada e feliz. Foram bons tempos que não se repetiriam, pelo menos com o mesmo esplendor, embora Gregor ganhasse depois muito dinheiro para poder arcar com as despesas de toda a família voluntariamente. Todos até se acostumaram com essa oferta de dinheiro, aceito com gratidão e dado de bom grado, acabando por se fazer dispensável um clima mais efusivo. Só a irmã ainda continuava próxima de Gregor e este tinha um plano secreto para ela, que, ao contrário dele, gostava muito de música e tocava violino de forma comovente: mandá-la no ano seguinte estudar no conservatório, independente da grande despesa que implicaria e que, de outra forma, acabariam tendo assim mesmo. Com frequência, durante as curtas permanências de Gregor na cidade, o conservatório era mencionado nas conversas com a irmã, mas sempre como um belo sonho irrealizável, e os pais nunca ouviam com prazer essas inocentes especulações; mas Gregor pensava a respeito de forma muito determinada e pretendia solenemente declarar isso na noite de Natal.

Tais pensamentos, totalmente inúteis em sua situação atual, percorriam-lhe a cabeça enquanto se esticava colado à porta e escutava. Às vezes não conseguia mais ouvir coisa alguma, por completo cansaço, e deixava a cabeça bater na porta por descuido, mas logo a firmava de novo, pois mesmo o barulhinho que isso provocava era ouvido do outro lado e fazia todos se calarem. "O que estará aprontando agora?" – dizia o pai após um instante, com certeza virando-se para a porta, e só então a conversa interrompida era gradualmente retomada.

Gregor agora sabia o bastante, pois o pai costumava repetir suas explicações, em parte porque ele mesmo de há muito não se ocupava mais dessas coisas, em parte porque a mãe não entendia tudo da primeira vez: apesar de todo o infortúnio, uma pequenina fortuna dos velhos tempos ainda restava, que os juros intocados haviam aumentado desde então. Além disso, o dinheiro que Gregor trouxera mensalmente para casa – ficando apenas com uns poucos florins para si – não tinha sido inteiramente gasto e somava um pequeno capital. Atrás da porta, Gregor aprovou enfaticamente com a cabeça, satisfeito pela previdência e a economia inesperadas. Ele poderia na verdade, com esses fundos excedentes, ter abatido mais a dívida do pai com o patrão e apressado o dia em que poderia abandonar aquele emprego, mas agora era sem dúvida melhor ter capitalizado o pai.

Agora, esse dinheiro não dava de modo algum para a família viver de juros; dava talvez para segurar um, dois anos no máximo, não mais que isso. Era apenas uma soma que não podiam propriamente gastar e que devia ser reservada para uma emergência; deviam ganhar o dinheiro para viver. O pai era na verdade um homem saudável, mas idoso, que já não trabalhava fazia cinco anos e no qual não se podia mais confiar muito; nesses cinco anos, que foram as primeiras férias de uma vida esforçada mas frustrante, ganhou muita gordura e se tornou lento, pesadão. E a velha mãe tinha agora que ganhar dinheiro, asmática como era a ponto de uma volta no apartamento fatigá-la e deixá-la dois dias seguidos sem ar, arriada no sofá, com a janela aberta? E a irmã, ainda uma criança nos seus dezessete anos, devia a irmã ganhar dinheiro, mimada como era em seu modo de vida até então, que basicamente consistia em vestir-se bem, dormir muito, ajudar nos afazeres da casa, partilhar uns poucos prazeres modestos e principalmente tocar violino? Quando vinha essa conversa sobre a necessidade de ganhar dinheiro, Gregor logo se afastava da porta e se jogava ao lado no frescor do sofá de couro para aliviar o calor da aflição provocada pela vergonha e tristeza.

Muitas vezes ficava ali longas noites inteiras, sem pregar olho, apenas pateando horas a fio, arranhando o couro. Ou não se importava com o grande esforço que era empurrar uma cadeira de braço até a janela e, arrastando-se sobre o peitoril, inclinar-se para fora, apoiado na cadeira, evidentemente só para recordar um pouco a liberdade que antes sentia em olhar pela janela. Na verdade, dia após dia, via cada vez mais indistintas coisas que estavam apenas um pouco afastadas: a casa de saúde do outro lado da rua, de cuja visão demasiado frequente ele antes fugia, não mais sequer chegava a seus olhos e, se ele simplesmente não soubesse que morava numa rua tranquila, embora totalmente urbanizada como a Charlottenstrasse, poderia achar, olhando para fora da janela, que aquilo era um deserto em que o cinza do céu e o cinza da terra se uniam formando um todo indiferenciado. A irmã atenta deve ter notado a cadeira junto da janela só umas duas vezes, mas a partir daí, depois de arrumar o quarto, sempre a empurrava de volta para aquela posição e até passou a deixar aberta a aba interna da janela.

Pudesse Gregor apenas falar com a irmã e lhe agradecer por tudo que tinha que fazer por ele e seria mais fácil suportar os serviços dela; mas sofria com aquilo. A irmã procurava, naturalmente, evitar ao máximo o embaraço da situação e melhor se saía à medida que mais tempo passava no quarto, mas Gregor então, claro, também podia examinar as coisas muito mais detidamente. A simples entrada da irmã era um martírio para ele. Mal chegava, sem ter sequer o cuidado de fechar a porta, por mais que se preocupasse em poupar a todos a visão do quarto de Gregor, ela corria a escancarar a janela de modo brusco, como se sufocasse, e ali ficava por um instante, mesmo quando estava frio, a respirar fundo. Com essa correria e o barulho que fazia, todo dia ela assustava Gregor duas vezes; durante todo o tempo ele ficava tremendo debaixo do sofá, sabendo com certeza que ela lhe pouparia o sofrimento se apenas conseguisse ficar com a janela fechada no mesmo quarto que ele.

Uma vez, passado já bem um mês da metamorfose de Gregor e não havendo mais razão especial para a irmã se chocar com a aparência dele, ela veio ao quarto um pouco mais cedo que de costume e encontrou-o, imóvel e bastante assustado, olhando pela janela. Para Gregor não teria sido surpresa se ela não tivesse entrado, pois a posição que ele ocupava a impedia de abrir de imediato a janela, mas ela não só não entrou como voltou atrás e fechou a porta; um estranho poderia quase ter pensado que Gregor a emboscara e que ameaçava mordê-la. Claro que ele se enfiou imediatamente debaixo do sofá, mas teve que esperar até meio-dia pelo retorno da irmã, que parecia muito mais inquieta que de hábito. Com isso Gregor entendeu que a aparência dele ainda era e deveria continuar a ser insuportável para ela e que a irmã devia fazer um grande esforço de superação para não sair correndo mesmo apenas ante a visão da pequena parte do seu corpo que ficava à mostra ao se esconder sob o sofá. Para poupar-lhe até essa visão, um dia ele puxou sobre as costas o pano que cobria o sofá – levando quatro horas nesse trabalho – e o ajeitou de modo a se cobrir totalmente para que a irmã, mesmo que se curvasse, não o pudesse ver. Se para ela o pano não fosse necessário, então poderia tê-lo removido, pois evidentemente não era divertido para Gregor se isolar a tal ponto, mas ela deixou ficar o pano do jeito que estava e Gregor supôs mesmo ter captado um olhar agradecido ao erguer certa vez o pano cuidadosamente com a cabeça para ver a irmã fazer a arrumação.

Nas primeiras duas semanas, os pais não conseguiram se obrigar a ir vê-lo e toda hora se ouvia sua total aprovação ao novo trabalho da irmã, ao passo que antes se irritavam frequentemente com ela, que lhes parecia uma moça um tanto inútil. Agora, no entanto, ambos esperavam diante do quarto de Gregor enquanto a irmã limpava lá dentro, e, assim que ela saía, tinha logo que contar-lhes em detalhe como o quarto se encontrava, o que Gregor havia comido, como havia se comportado dessa vez e se por acaso era possível notar alguma melhora. A mãe, de resto, quis visitá-lo relativamente cedo, mas o pai e a irmã a impediram, primeiro com argumentos racionais, que Gregor ouviu com atenção e com os quais concordou inteiramente. Mas depois tiveram que impedi-la à força e, quando ela protestou chorando – "Deixem-me ver o Gregor, é meu filho, meu pobre filho! Não percebem que eu tenho que ir vê-lo?" –, Gregor pensou que talvez fosse bom que a mãe pudesse entrar, não todos os dias, naturalmente, mas quem sabe uma vez por semana; afinal ela entendia tudo bem melhor que a irmã, que apesar de toda a coragem era ainda uma criança e, afinal, talvez só por ingenuidade infantil tinha aceitado uma tarefa tão árdua.

A vontade de Gregor ver a mãe logo se realizou. Durante o dia ele não queria aparecer na janela, em consideração aos pais, mas também não podia rastejar muito nos dois metros quadrados de assoalho; ficar quieto era penoso e ele já suportava isso à noite; comer quase não tinha mais a menor graça e, assim, por distração, adquiriu o hábito de andar para cima e para baixo pelas paredes e no teto. Gostava especialmente de se pendurar no teto, que era muito diferente de ficar no chão: respirava mais livremente e uma leve oscilação percorria-lhe o corpo. Na quase feliz distração em que se encontrava lá em cima, aconteceu certo dia, para surpresa dele próprio, que relaxou e caiu, estatelado, no chão. Mas, claro, seu corpo agora tinha uma capacidade completamente diferente de antes e ele não se machucou na queda brutal. A irmã logo notou o novo entretenimento de Gregor – pois ao rastejar ele largava aqui e ali restos de sua substância pegajosa – e veio-lhe a ideia de dar mais espaço para Gregor rastejar, removendo os móveis que o impediam, sobretudo a cômoda e a escrivaninha. Mas ela não tinha condição de fazer isso sozinha e não ousava pedir ajuda ao pai; sabia que a empregada, uma menina de seus dezesseis anos, não a ajudaria de jeito nenhum, pois, embora corajosa ao aceitar o serviço após a cozinheira anterior ter pedido demissão, tinha no entanto pedido o favor de manter a cozinha permanentemente trancada e só abri-la com solicitação especial; de modo que não restava à irmã outra alternativa senão acionar a mãe quando o pai estivesse ausente. A mãe acolheu a proposta com alegria e animadas exclamações, mas calou-se diante da porta de Gregor. Primeiro, naturalmente, a irmã verificou se estava tudo em ordem no quarto e só depois deixou a mãe entrar. Na maior pressa Gregor enfiou-se debaixo do pano que cobria o sofá o mais fundo que pôde, preocupado em deixá-lo bem enrugado para dar a impressão de ter sido jogado de forma negligente. De novo evitou espiar sob o tecido, abstendo-se de ver a mãe dessa vez, contentando-se em que, afinal, ela estava lá. "Venha, a gente não o vê", disse a irmã, obviamente conduzindo a mãe pela mão. Gregor ouviu então as duas frágeis mulheres tirarem do lugar a velha e pesada cômoda, com a irmã sempre reivindicando a parte mais dura do esforço, sem dar ouvidos às advertências da mãe para não se esgotar. Aquilo levou um bocado de tempo. Depois de uns quinze minutos de trabalho, a mãe disse que seria melhor deixar a cômoda lá, primeiro porque era pesada demais e não terminariam antes que o pai chegasse, e ficaria assim bloqueando a passagem no meio do quarto, mas segundo porque não era certo que a remoção dos móveis seria um favor para Gregor. A ela parecia o contrário, pois a visão de uma parede nua quase lhe oprimia o coração; por que Gregor não teria a mesma sensação se estava há tanto tempo acostumado com os móveis, vendo-se abandonado num quarto vazio? "Não é assim?" – falou baixinho, quase sussurrando, como se quisesse evitar que Gregor, cuja localização exata desconhecia, sequer ouvisse o som de sua voz para não entender o que dizia. "Não é isso mesmo? Com a remoção dos móveis a gente não estaria dizendo que abandonou toda esperança de recuperação e que ele está sendo largado à própria sorte? Acho melhor a gente tentar deixar o quarto exatamente como era antes, para que o Gregor, quando voltar para nós, encontre tudo do mesmo jeito, inalterado, e possa assim esquecer mais facilmente esse período."

Ao ouvir as palavras da mãe, Gregor percebeu que a falta de qualquer conversação humana direta, combinada com a vida monótona em família, durante dois meses, deve ter-lhe perturbado o juízo, do contrário não poderia explicar seriamente a si mesmo como é que foi capaz de querer que o quarto fosse esvaziado. Será que realmente desejava que aquele quarto acolhedor, mobiliado com confortáveis móveis de herança, se transformasse numa jaula, na qual rastejaria então em todas as direções sem obstáculos, mas onde também, ao mesmo tempo, esqueceria rápida e completamente o seu passado humano? Já estava a ponto de esquecê-lo e só a voz da mãe, de há muito perdida, o despertou. Nada devia ser removido, tudo tinha que permanecer; não podia dispensar a boa influência da mobília sobre a sua condição; se a mobília impedia o seu rastejar insensato, não era portanto um empecilho, mas uma grande vantagem.

Mas a irmã, infelizmente, era de outra opinião; antes de mais nada, ela tinha de fato se acostumado, e não inteiramente sem razão, em parecer aos pais a maior especialista na discussão de assuntos sobre Gregor e, assim, o conselho da mãe já era agora razão suficiente para a irmã insistir não mais apenas na remoção da cômoda e da escrivaninha, como pensara de início, mas na retirada de todos os móveis, com exceção do imprescindível sofá. Não era, naturalmente, apenas teimosia infantil e uma inesperada autoconfiança duramente conquistada nos últimos tempos que a fizeram se decidir dessa maneira; ela havia também de fato observado que Gregor precisava de muito espaço para rastejar e que os móveis, até onde podia perceber, não eram de qualquer utilidade para ele. Talvez também desempenhasse um papel nisso a exaltada disposição das garotas de sua idade em aproveitar qualquer chance para satisfazer a vontade própria, jogo no qual Grete agora se deixava seduzir a querer tornar ainda mais assustador o cantinho de Gregor, para aí fazer por ele mais do que já podia fazer até então. Dessa forma, num cômodo em que Gregor dominasse inteiramente só as paredes vazias, ninguém além de Grete ia se sentir seguro de entrar.

E assim ela não se deixou dissuadir pela mãe, que parecia muito inquieta e insegura nesse quarto e logo se calou e ajudou a filha no esforço para retirar a cômoda. Bem, ela poderia ser substituída em caso de urgência, mas a escrivaninha tinha que ficar. E mal as mulheres deixaram o quarto com a cômoda, gemendo para arrastá-la, Gregor pôs a cabeça para fora debaixo do sofá para ver como poderia intervir da maneira mais cautelosa e respeitosa possível. Mas por azar foi justo a mãe quem voltou primeiro, enquanto Grete lutava com a cômoda na sala, segurando-a e balançando-a de um lado para o outro, sem conseguir naturalmente tirá-la do lugar. Mas a mãe não estava acostumada à visão de Gregor e podia passar mal se o visse, por isso ele, assustado também, correu a se esconder na outra ponta do sofá, mas não conseguiu impedir que o pano se movesse um pouco para frente. Isso bastou para alertar a mãe. Ela parou, ficou imóvel um instante e aí voltou para junto de Grete.

Embora Gregor repetisse para si mesmo que nada fora do comum estava acontecendo, que apenas alguns móveis eram mudados, logo teve que admitir, no entanto, que esse ir e vir das mulheres, seus gritinhos, o arrastar dos móveis no assoalho, tudo isso parecia uma grande comoção vindo de todos os lados contra ele e, por mais que encolhesse a cabeça e as patinhas junto ao corpo e se espremesse no chão, era impossível suportar aquilo por muito tempo. Esvaziavam-lhe o quarto, carregando tudo o que ele gostava; já tinham levado a cômoda onde guardava a serra e outras ferramentas; agora era a escrivaninha, que até já se encrustara no assoalho e na qual fizera todos os seus trabalhos como aluno da Academia de Comércio, do Ginásio Municipal e até do Grupo Escolar – realmente não tinha mais tempo para checar as boas intenções das duas mulheres, cuja existência já lhe passava quase despercebida, mudas que estavam de exaustão, ouvindo-se apenas o som pesado de seus passos.

E então ele irrompeu de repente de seu esconderijo, mudando quatro vezes de direção, indeciso, enquanto as mulheres, na sala ao lado, tomavam um pouco de fôlego apoiadas na escrivaninha; realmente não sabia o que salvar primeiro, quando viu pendurado na parede já de resto vazia o quadro da mulher com roupas de pele; rastejou rápido até lá e se agarrou ao vidro, que se colou nele e lhe deu uma agradável sensação de frescor contra o calor do abdome. Essa foto pelo menos, que ele agora cobria inteiramente, ninguém ia levar, com certeza. Virou a cabeça para a porta da sala a fim de acompanhar o retorno das mulheres.

Elas não se permitiram descansar muito e logo voltaram; Grete passou o braço em volta da mãe e praticamente a puxava. "E agora o que vamos levar?" – disse Grete, olhando ao redor. Seu olhar então se cruzou com o de Gregor na parede. Provavelmente por causa da presença materna, manteve a compostura, voltou o rosto na direção da mãe para evitar olhar ao redor e disse, trêmula e sem pensar: "Venha, por que não voltamos à sala um instante?" Para Gregor sua intenção era clara: queria colocar a mãe em segurança e, então, enxotá-lo da parede. Bem, ela que tentasse! Agarrou-se firme a seu quadro e não o entregaria. Preferia pular no rosto de Grete.

Mas as palavras de Grete tinham deixado a mãe muito inquieta; ela deu um passo para o lado, viu a grande mancha marrom sobre o florido papel azul de parede e, antes de cair em si de que era Gregor o que acabara de ver, soltou um grito rouco: "Ó, Deus, meu Deus!" E desabou sobre o sofá de braços abertos, imóvel, como que desistindo de tudo. "Você, Gregor!" – exclamou a irmã, de punhos cerrados e varando-o com o olhar. Eram as primeiras palavras que ela lhe dirigia desde a transformação. Ela saiu para pegar no quarto adjacente uma essência para reanimar a mãe; Gregor queria ajudar – havia tempo para salvar a foto; mas estava tão grudado ao vidro que teve que se despegar violentamente; correu então também ao quarto contíguo, como se pudesse ser de serventia à irmã e dar-lhe conselhos como antes; mas teve que ficar atrás dela sem fazer nada, enquanto Grete olhava vários frascos; e ao se virar assustou-se de novo, um frasco caiu no chão e se quebrou; um estilhaço atingiu e feriu Gregor no rosto; algum remédio corrosivo espalhou-se ao seu redor; Grete pegou sem mais demora todos os frascos que podia carregar e correu com eles para junto da mãe, batendo a porta com o pé. Gregor agora se via completamente isolado da mãe, que por sua culpa podia estar à beira da morte; não podia abrir a porta, se não quisesse afugentar a irmã que tinha que ficar ao lado da mãe; não tinha agora nada a fazer a não ser esperar; cheio de remorso e preocupação, começou a rastejar por toda a parte, percorrendo paredes, móveis e teto, entrando por fim em desespero quando todo o quarto passou a girar ao seu redor no centro da grande mesa.

Passou um tempo com Gregor estirado lá, tudo parado à sua volta, o que talvez fosse um bom sinal. Então ouviu-se a campainha da porta do apartamento. A empregada naturalmente estava presa na cozinha e Grete tinha que ir lá abrir. O pai tinha chegado e proferiu suas primeiras palavras: "O que está acontecendo?" Ao ver Grete ele já percebeu tudo. A filha respondeu com uma voz abafada e claramente desviou o olhar, afundando a cabeça no peito: "A mãe desmaiou, mas já está melhor. O Gregor apareceu para ela." "Eu já esperava isso", disse o pai. "Já havia dito isso, mas vocês, mulheres, nunca ouvem nada." Gregor sabia que o pai havia interpretado de forma equivocada a breve declaração de Grete, entendendo que ele havia cometido algum ato de violência. De modo que agora só restava a Gregor tentar aplacar o pai, pois não tinha tempo nem possibilidade de lhe explicar nada. Assim, correu para a porta do seu quarto e grudou-se nela para que o pai pudesse ver logo do vestíbulo que ele tinha a melhor das intenções, a de entrar imediatamente de volta, e não precisava ser escorraçado, bastando que lhe abrissem a porta para desaparecer instantaneamente.

Mas o pai não estava disposto a fazer essa gentileza. "Ah!" – exclamou ele ao entrar na sala, num tom que era ao mesmo tempo alegre e furioso. Gregor levantou a cabeça da porta do quarto em direção ao pai. Não havia realmente imaginado como estaria o pai agora, como se encontrava; nos últimos tempos tinha com efeito se ocupado desse rastejar por toda a parte, não se interessando como antes pelo que se passava no resto da casa, e devia, portanto, estar preparado para se deparar com mudanças e circunstâncias novas. Mas, espera aí, aquele era mesmo o pai? O mesmo homem que ficava exausto na cama quando ele partia em viagem de trabalho, que o recebia à noite de pijamas, afundado numa poltrona? Aquele homem mal conseguia se pôr de pé, apenas erguendo os braços em sinal de alegria, e nos raros passeios que davam juntos, alguns domingos no ano, e nos feriados maiores em que a mãe também estava, passeios já de si vagarosos, andava mais lento ainda, envolto no velho casacão, avançando sempre cuidadosamente apoiado na bengala e, quando queria dizer alguma coisa, quase invariavelmente parava e reunia os acompanhantes ao seu redor. Agora, no entanto, estava bem-vestido com um uniforme azul engomado de botões dourados, como o que usam os contínuos dos bancos; sobre o alto colarinho duro da jaqueta desdobrava-se a gorda papada dupla; sob as bastas sobrancelhas brilhavam os olhos negros, vivos e atentos; o antes revolto cabelo grisalho tinha agora um penteado rente e meticuloso. Arremessou no sofá, cruzando a sala, o quepe com um monograma dourado, provavelmente de algum banco, e de cara fechada foi direto para cima de Gregor, com as abas do comprido paletó jogadas para trás e as mãos enfiadas nos bolsos das calças. Ele mesmo não sabia bem o que estava fazendo; por fim ergueu o pé numa altura incomum e Gregor se admirou com o tamanho enorme da sola da botina. Mas não ficou parado, pois sabia desde o início da sua nova vida que o pai o encarava com extrema austeridade. Assim, correu para cima do pai, parou quando este parou e correu de novo para frente quando o pai fez menção de se mover. Nessa dança indecisa, que por seu ritmo lento perdeu até o sentido de perseguição, percorreram a sala várias vezes. Por isso Gregor permaneceu provisoriamente no chão, sobretudo por temer que o pai pudesse tomar por perversidade adicional uma astuta fuga para as paredes ou o teto. Mas Gregor tinha que admitir que não poderia suportar essa correria por muito mais tempo, pois enquanto o pai dava um passo, ele tinha que realizar um sem-número de movimentos. Começou a ficar sem fôlego, pois nunca teve bons pulmões, nem antes da transformação. E quando cambaleou recuando, reunindo forças para retomar a corrida, mal conseguiu manter os olhos abertos; estupefato, não atinava com outra salvação que não fosse correr, e quase se esqueceu de que as paredes estavam livres para ele, embora ali na sala fossem cobertas por móveis cheios de entalhes denteados e pontiagudos – e então, bem do lado dele, alguma coisa zuniu e caiu rolando à sua frente. Era uma maçã; e logo voou outra na sua direção; Gregor ficou estático, aterrorizado; continuar correndo era inútil, pois o pai decidira bombardeá-lo. Da fruteira sobre o aparador ele encheu os bolsos e atirou uma maçã atrás da outra, sem mirar muito. As pequenas maçãs vermelhas rolavam pelo assoalho como que eletrificadas, batendo umas nas outras. Uma delas, arremessada com pouca força, resvalou nas costas de Gregor, sem machucá-lo. Outra, porém, seguiu-se a ela e o atingiu em cheio por trás, enterrando-se no dorso; Gregor quis prosseguir, como se a incrível dor pudesse passar com uma simples mudança espacial; mas sentiu-se cravado no lugar e esmagado, numa completa confusão dos sentidos. A última coisa que viu foi a porta do seu quarto ser escancarada e a mãe correndo e a irmã chorando atrás, a mãe de anáguas porque a filha a havia despido para poder respirar melhor após o desmaio, e então, tropeçando nas roupas de baixo, que iam caindo no chão uma após outra, se atracou ao pai, abraçando-o – quando a visão de Gregor já falhava – e, com as mãos em sua nuca, implorou pela vida do filho.

III

O grave ferimento de Gregor, do qual padeceu por mais de um mês – a maçã ficou encravada na carne como um registro visual, pois ninguém ousou retirá-la –, lembrava ao próprio pai que Gregor, apesar de sua triste e repulsiva figura, era um membro da família, que não devia ser tratado como um inimigo, mas em relação ao qual o dever de todos era engolir a repugnância e tolerar, tolerar o que quer que fosse.

E se ele tinha também realmente, talvez para sempre, perdido sua agilidade devido ao ferimento e levava agora um tempo interminável para percorrer o quarto como um velho inválido – rastejar nas alturas nem pensar –, obteve em troca desse agravamento de suas condições uma compensação a seu ver plenamente satisfatória, qual seja a de ter aberta durante a noite a porta da sala, a qual ficava observando atentamente por uma ou duas horas antes, de modo que agora podia, na escuridão do quarto e invisível da sala, ver toda a família em volta da mesa iluminada e ouvir as conversas, de certo modo com permissão geral, bem ao contrário também do que ocorria antes.

Claro, não eram as animadas conversas de antigamente, de que sentia falta quando, cansado, tinha que se enfiar entre lençóis úmidos nos frios quartinhos de hotel. Agora um grande silêncio predominava. Logo após o jantar, o pai dormia em sua cadeira; a mãe e a irmã advertiam uma à outra a não fazer barulho; curvada sobre a luz, a mãe costurava roupas *finas* para uma loja de moda; a irmã, que tinha arranjado um emprego de vendedora, estudava à noite francês e estenografia para, quem sabe, conseguir depois uma melhor colocação. Às vezes o pai despertava e, como se não soubesse que tinha dormido, dizia à mãe: "Como você está costurando hoje!" E logo dormia de novo, enquanto a mãe e a irmã sorriam uma para a outra, cansadas.

Com uma espécie de teimosia, o pai se recusava a tirar, mesmo em casa, seu uniforme funcional; e enquanto o roupão pendia inútil no porta-casaco, ele ficava na cadeira dormindo totalmente uniformizado como se estivesse pronto para o serviço a qualquer momento e esperasse apenas a convocação de seu superior. Por conseguinte, o uniforme, que já não era novo, agora também não era limpo, apesar de todo o cuidado da mãe e da irmã. E Gregor muitas vezes ficava a noite toda olhando aquela roupa cheia de nódoas e botões dourados cintilantes com a qual o velho, embora muito desconfortável, dormia tranquilamente.

Logo que davam dez horas, a mãe tentava acordar o pai falando baixinho e em seguida convencê-lo a ir para a cama, pois ali não ia poder dormir direito, o que era extremamente necessário para ele que tinha que sair às seis para o trabalho. Mas na teimosia que se havia apossado dele desde que se tornara funcionário, sempre insistia em ficar mais tempo à mesa, embora regularmente dormisse, além de só com o maior esforço conseguir depois passar da cadeira à cama. Mãe e irmã precisavam ainda insistir muito com pequenas exortações, por uns quinze minutos ele batia cabeça lentamente, sem abrir os olhos, e não levantava. A mãe dava-lhe uns puxõezinhos pela manga, fazia-lhe adulações ao pé do ouvido, a irmã largava os deveres para ajudar a mãe, mas isso de nada adiantava com o pai, que afundava ainda mais na cadeira. Só quando elas o pegavam por baixo dos braços é que ele abria os olhos, olhava para uma e para outra alternadamente e dizia: "Que vida! Essa é a calma da velhice?" E, apoiando-se nelas, erguia-se desajeitado, como se fosse o maior fardo para si mesmo, deixava-se levar pelas duas mulheres até a porta, dava então um pequeno aceno para elas e tentava seguir sozinho, quando então apressadamente a mãe largava a costura, a filha largava a caneta e corriam atrás dele para continuar a ajudá-lo.

Quem tinha tempo, nessa família exaurida, sobrecarregada, de cuidar de Gregor mais do que o estritamente necessário? O orçamento doméstico era cada vez mais apertado; a empregada acabou sendo demitida; uma criada enorme e ossuda de cabeleira branca esvoaçante vinha de manhã e de noite para fazer o trabalho mais pesado; de todo o resto cuidava a mãe, fora o seu árduo trabalho de costura. Aconteceu mesmo, como Gregor ficou sabendo certa noite pela discussão geral sobre os valores obtidos, de venderem várias joias da família que antes a mãe e a irmã usaram com grande alegria nas festas e comemorações. Mas a maior queixa era de que não podiam deixar aquela moradia, grande demais nas atuais circunstâncias, pois era impensável transportar Gregor. Mas este percebia muito bem que não era só o respeito por ele que impedia a mudança, pois poderia facilmente ser levado numa caixa com alguns orifícios para respiração; o que impedia a família de mudar era, acima de tudo, a completa desesperança e a sensação de que se havia abatido sobre eles uma infelicidade que nenhum parente ou conhecido jamais enfrentara. Eles cumpriam ao máximo o que o mundo exige dos pobres, o pai levava aos pequenos funcionários do banco o café da manhã, a mãe se sacrificava à elegância de estranhos, a irmã corria para cima e para baixo atrás de um balcão atendendo pedidos de fregueses, mas as forças da família não iam além disso. E o ferimento nas costas de Gregor doía como se tivesse sido feito agora. Quando mãe e irmã, depois de levarem o pai à cama, voltavam, largavam seus trabalhos e se sentavam bem juntinhas, quase de rosto colado, e a mãe, apontando para o quarto de Gregor, dizia "Vai fechar a porta, Grete" e, com ele de volta à escuridão, as mulheres na sala ao lado misturavam suas lágrimas ou olhavam fixamente para a mesa, sem uma lágrima.

Gregor passava noites e dias praticamente sem dormir. Às vezes pensava em assumir os encargos da família de novo, como antes, logo que abrissem a porta; em sua mente apareceram mais uma vez, depois de muito tempo, o patrão e o gerente, os vendedores e os aprendizes, o lentíssimo contínuo, dois ou três amigos de outras empresas, uma camareira de hotel do interior, cara lembrança fugaz, a balconista de uma chapelaria que ele havia cortejado seriamente, mas muito devagar – todos vinham misturados a gente estranha ou já esquecida, mas não podiam ajudar a ele nem à família, pois eram todos inacessíveis, e ficou feliz quando desapareceram. Mas logo já não tinha vontade de cuidar da família, só sentia raiva da péssima alimentação e, embora não pudesse prever qual seria o seu apetite, fazia planos de ir à despensa pegar o que quisesse, mesmo sem fome nenhuma. Sem pensar mais o que era possível fazer por Gregor, a irmã passou apressadamente, antes de sair para a loja de manhã e depois do almoço, a empurrar com o pé para dentro do quarto qualquer comida, que à noite puxava para fora com uma vassoura, quer tivesse sido provada ou – o mais das vezes – sequer tocada. A limpeza do quarto, que ela sempre fazia à noite, não podia ser mais rápida. Linhas de sujeira riscavam as paredes, aqui e ali poeira e imundície se enovelavam. De início, quando a irmã chegava, Gregor se colocava em lugares bem significativos, especialmente sujos, indicando uma reprovação pela sua situação. Mas podia ficar naquelas posições semanas a fio que ela não mudaria; a irmã via a sujeira da mesma forma que ele, mas tinha decidido abandoná-lo. Apesar disso, uma nova sensação a dominava, que aliás tinha tomado toda a família, a de que a limpeza do quarto de Gregor continuava a ser responsabilidade dela. Uma vez a mãe deu uma grande faxina no quarto, que exigiu alguns baldes de água – a umidade deixou Gregor doente, imóvel sobre o sofá, sentindo-se insultado – mas o castigo veio a cavalo. Pois a irmã, logo que viu a mudança no quarto, entrou correndo na sala e, extremamente ofendida, irrompeu num choro convulsivo diante dos pais, que ficaram de início aflitos e sem saber o que fazer, a mãe com as mãos em súplica, o pai naturalmente assustado na cadeira; até que começaram a se mexer, à direita o pai recriminando a mãe por não deixar a irmã cuidar do quarto de Gregor, à esquerda esta gritando que nunca mais a deixariam limpar o quarto, a mãe tentando arrastar para a cama o pai já alheio ao alvoroço, a irmã soluçando trêmula e esfregando na mesa os delicados punhos, enquanto Gregor fungava de raiva por ninguém se dignar a fechar a porta e poupá-lo dessa cena ruidosa.

Mas mesmo que a irmã, esgotada com o trabalho fora, se cansasse de cuidar de Gregor como antes, ainda assim a mãe não deveria ter que substituí-la de modo algum e ele não precisava ter sido menosprezado, porque agora havia a criada. Essa velha viúva, que em sua longa vida deve ter superado as piores provações graças à forte ossatura, não tinha propriamente qualquer aversão a Gregor. Certa vez, sem curiosidade alguma, abriu por acaso a porta do quarto dele, que ao vê-la, pego inteiramente de surpresa, pôs-se a correr para cima e para baixo, embora ninguém o perseguisse, enquanto ela ficou parada, mãos cruzadas no colo, a olhar, admirada. Desde então ela não deixou de abrir um pouco a porta, de manhã e de tarde, para dar uma rápida olhada em Gregor. De início ela o chamava com palavras que provavelmente achava amistosas, como "Venha aqui, *seu* rola-bosta!" ou "Cadê o velho rola-bosta?" A tais discursos Gregor não respondia, mantendo-se imóvel no lugar, como se a porta não tivesse sido aberta. Em vez de deixarem inutilmente a criada molestá-lo com seus gracejos, fariam melhor se a encarregassem da limpeza diária do seu quarto! Uma vez de manhã cedo – quando uma chuva forte fustigava as janelas, talvez anunciando a primavera – Gregor ficou tão irritado quando a criada começou com suas piadinhas que se virou para ela lentamente, insidioso, como se fosse atacá-la. Porém, em vez de se amedrontar, a criada apenas pegou e levantou uma cadeira que estava ao lado da porta e, de boca bem aberta, evidenciou sua intenção de fechá-la somente quando descesse a cadeira nas costas de Gregor. "E aí, vai desistir?" – perguntou, enquanto ele desvirava de volta para o outro lado. Então, calmamente, ela recolocou a cadeira no canto.

Gregor quase não comia mais nada. Só quando por acaso passava pela comida, levava um bocadinho à boca de brincadeira e ficava com ele lá por um bom tempo, em geral cuspindo-o depois.

De início achou que era a tristeza com o que fizeram do seu quarto que lhe tirava a fome, mas logo se conciliou com as mudanças. A família se acostumou a jogar lá coisas que não tinha onde botar e agora havia muitas coisas depois que alugaram vagas em outro quarto para três cavalheiros. Desde que se tornaram hóspedes, esses senhores graves – todos de barba cerrada, como Gregor pôde constatar pela porta entreaberta – eram complicados de satisfazer, não apenas em relação ao quarto que dividiam, mas, considerando toda a rotina doméstica, especialmente na cozinha. Não toleravam nada ruim nem qualquer sujeira. Além disso, trouxeram móveis próprios. Por isso várias coisas se tornaram supérfluas, que na verdade eram invendáveis, mas das quais a família não queria se desfazer. Todas foram jogadas no quarto de Gregor. E até as latas de cinzas e de lixo da cozinha acabaram lá. Tudo que não tivesse uso no momento era despejado no quarto dele pela empregada, sempre às pressas; felizmente, Gregor via apenas o objeto e a mão que o segurava. Ela tinha talvez a intenção de pegar as coisas de volta no tempo e oportunidade adequados ou jogá-las todas fora de uma vez; mas o fato é que permaneceriam lá onde haviam sido largadas, se não fosse Gregor se contorcer naquele amontoado e o pôr em movimento, primeiro forçado a isso em busca de espaço livre para rastejar, mas depois cada vez com maior prazer, embora após toda a agitação, morto de cansado e triste, ficasse de novo sem se mexer durante horas.

Além disso, como os hóspedes às vezes jantavam juntos em casa na sala de estar, a porta do quarto de Gregor ficava fechada, mas ele facilmente renunciava a abri-la, pois já muitas noites estivera aberta e ele não tinha aproveitado, preferindo ficar no canto mais escuro do quarto sem que a família notasse. Uma vez, porém, a empregada tinha deixado a porta ligeiramente aberta e assim ela ficou, mesmo quando os hóspedes chegaram à noite e a luz foi acesa. Sentaram-se à mesa, nos lugares que antes eram do pai, da mãe e de Gregor, estenderam os guardanapos e pegaram garfos e facas. Logo apareceu à porta a mãe com uma travessa de carne, e atrás dela a irmã com uma tigela cheia de batatas. A comida fumegava muito. Os hóspedes inclinaram-se sobre os pratos colocados à sua frente, como para checar o alimento antes de comê-lo, e de fato o que estava sentado no meio cortou um pedaço da carne ainda na travessa, com os outros dois parecendo autorizá-lo, para ver evidentemente se estava macia ou se deveria retornar à cozinha. Ficou satisfeito e a mãe e a irmã, que assistiam ansiosas, suspiraram e abriram um sorriso, aliviadas.

A família mesmo comia na cozinha. Mas antes de ir para a cozinha, o pai entrava na sala e, de boné na mão e toda uma reverência, fazia uma inspeção ao redor da mesa. Os três hóspedes se levantavam e murmuravam algo por entre barbas. Então, quando ficavam sozinhos, comiam quase em completo silêncio. O estranho para Gregor é que, de todos os sons do ato de alimentar-se, o que se destacava era o da insistente mastigação, como a evidenciar para ele que os dentes eram essenciais à alimentação humana e que mesmo o mais belo maxilar desdentado seria inútil. "Estou com fome", disse consigo, preocupado, "mas nenhuma dessas coisas me apetece. Como é que alimentam esses senhores e me deixam à míngua?!"

Justo nessa noite o som do violino veio da cozinha – Gregor não se lembrava de tê-lo ouvido durante todo esse tempo. Os hóspedes tinham acabado de jantar, o do meio havia pegado um jornal, dando uma folha a cada um dos outros dois, e eles liam e fumavam, reclinados nas cadeiras. Quando o violino começou a tocar, ficaram atentos, levantaram-se e foram nas pontas dos pés até a porta da antessala, onde se espremeram e ficaram ouvindo. Devem ter escutado sua movimentação da cozinha, pois o pai gritou: "A música por acaso incomoda os senhores? Podemos parar imediatamente". "Ao contrário", disse o cavalheiro do meio, "a senhorita não poderia vir tocar para nós aqui na sala, onde é muito mais agradável e confortável?" "Ó, faz favor", disse o pai, como se fosse ele o violinista. Os homens voltaram à sala e esperaram. Logo vieram o pai com a estante de música, a mãe com a partitura e a filha com o violino. Esta preparou tudo calmamente para tocar; os pais, que nunca tinham alugado quartos e por isso exageravam nas gentilezas com os hóspedes, não ousaram sentar-se em suas próprias cadeiras; o pai encostou-se na porta, a mão direita enfiada entre dois botões da libré; mas um dos cavalheiros ofereceu seu assento à mãe, que sentou-se lá a um canto, onde por acaso ele havia colocado a cadeira.

A irmã começou a tocar, pai e mãe seguindo atentamente, cada um do seu lugar, os movimentos que ela fazia com as mãos. Atraído pelo som, Gregor tinha avançado um pouco e já estava com a cabeça na sala de estar. Não se dava conta de que ultimamente vinha tendo tão pouca consideração pelos outros; antes, tal consideração era o seu orgulho. E com isso, ao mesmo tempo, tinha agora mais razão para se esconder, pois o pó acumulado por toda a parte em seu quarto ao menor movimento se espalhava ao redor e ele vivia inteiramente coberto de sujeira; nas costas e nos flancos arrastava fiapos, pelos e restos de comida por onde fosse; a indiferença a tudo era grande demais para que se deitasse de costas, como fazia antes várias vezes por dia, e se esfregasse no tapete. E, apesar desse estado, não temeu se deslocar um pouco no imaculado assoalho da sala.

Mas também ninguém prestava atenção nele. A família estava totalmente absorta na apresentação musical; já os hóspedes, que de início tinham ficado com as mãos nos bolsos das calças, bem perto da violinista e por trás da estante, de modo a quase poder acompanhar a partitura, o que sem dúvida deve ter perturbado a irmã, logo se puseram a conversar a meia-voz e se voltaram para a janela, onde ficaram, observados pelo pai preocupado. A impressão clara que davam era de desapontamento ante a expectativa de uma agradável audição de violino, que na verdade estavam achando maçante demais e só por gentileza aceitavam que perturbasse o seu repouso. Em especial a maneira como sopravam para o alto pelas narinas e pela boca a fumaça dos charutos denunciava uma grande impaciência. E a irmã, no entanto, tocava tão lindamente, com o rosto virado para o lado, triste e atenta, seguindo a pauta. Gregor rastejou mais um pouco para frente, cabeça rente ao chão, para talvez encontrar o olhar de Grete.

Um bicho seria assim transportado pela música? Era como se o caminho para o ansiado alimento desconhecido lhe fosse mostrado. Decidiu ir até a irmã, puxá-la pela barra da saia e sugerir que fosse com o violino para o quarto dele, uma vez que ali ninguém estava pagando pelo concerto como devia. E enquanto vivesse não a deixaria mais sair do seu quarto; seu aspecto assustador seria útil pela primeira vez, pois montaria guarda em todas as portas para espantar os invasores; mas a irmã não seria forçada a ficar com ele, ficaria se quisesse; poderia sentar-se a seu lado no sofá, ouvido inclinado para ele, que lhe diria da intenção de mandá-la para o conservatório e que, não fosse a infelicidade advinda nesse ínterim, teria anunciado no Natal – já tinha passado o Natal? – sem se preocupar com argumentos contrários. A essas explicações a irmã irromperia em lágrimas, emocionada, e Gregor se alçaria até o ombro dela e a beijaria no colo, que ela mantinha sem laço e sem colar desde que arranjara o emprego na loja.

"Senhor Samsa!", gritou o homem do meio para o pai, apontando o indicador, sem mais uma palavra, para Gregor, que avançava lentamente. O violino silenciou, o homem do meio riu para os amigos, balançando a cabeça, e voltou-se de novo para Gregor. Parecia que o pai achava mais necessário antes de mais nada, em vez de enxotar Gregor, tranquilizar os hóspedes, embora estes não estivessem absolutamente chateados e Gregor parecesse diverti-los mais do que a música. O pai correu até eles e, com os braços abertos, tentou conduzi-los ao quarto que alugavam, ao mesmo tempo em que com o corpo buscava encobrir-lhes a visão de Gregor. Ficaram na verdade um pouco zangados, sem saber, quer pela atitude do pai, quer pela revelação que estavam tendo, se tinham um vizinho de quarto como aquele sem terem sido avisados. Pediram explicações ao pai, levantaram também os braços, puxaram as barbas agitados e só a custo voltaram a seu quarto. Nesse meio-tempo, a irmã, que se sentira perdida com a súbita interrupção, recuperou-se, depois de segurar o arco e o violino por algum tempo nas mãos pensas, olhando para as notas como se ainda estivesse tocando; de repente colocou o instrumento no colo da mãe, que ainda estava sentada no mesmo canto, com muita falta de ar, e correu para o quarto dos hóspedes ao lado, onde eles já chegavam, apressados pelo pai. Nas mãos hábeis da irmã, cobertores e travesseiros voaram e se ajeitaram sobre as camas. Antes mesmo que os cavalheiros entrassem, ela já tinha arrumado as camas e se retirado. O pai parecia a tal ponto decidido que até perdeu todo o respeito devido aos inquilinos. Continuou a empurrá-los, até que na porta do quarto o homem do meio bateu o pé e o fez parar. "Quero deixar claro", disse o hóspede, erguendo a mão e buscando com o olhar também a mãe e a irmã, "que em função das repugnantes condições reinantes nesta casa e nesta família" – e aí deu uma atrevida cuspidela no chão – "estou cancelando imediatamente a minha vaga. E naturalmente também não vou pagar coisa alguma pelos dias que fiquei aqui, mas vou pensar se entro com um processo contra vocês, uma ação – acreditem – bem fácil de fundamentar". Calou-se e olhou reto em frente, como se esperasse alguma coisa. E com efeito seus dois amigos logo acrescentaram: "Estamos também cancelando de imediato". Com o que ele agarrou o trinco e bateu a porta.

O pai cambaleou, apoiando-se nas coisas, e foi desabar sobre sua cadeira; pareceu espreguiçar para o cochilo habitual, mas um forte cabeceio e a frouxidão do pescoço evidenciaram que absolutamente não dormia. Gregor ficou o tempo todo parado no mesmo lugar em que o surpreenderam os hóspedes. O desapontamento com o fracasso de seu plano e também, quem sabe, a fraqueza provocada pela fome impediam que ele se movesse. Temia com alguma certeza que no instante seguinte desabasse sobre ele uma tempestade e, por isso, esperou. Não o assustou nem mesmo o barulho do violino, que a mãe com seus dedos trêmulos deixou cair do colo e que ecoou estrepitosamente ao atingir o chão.

"Queridos pais", disse a irmã, batendo com a mão na mesa, "isso não pode continuar. Vocês não conseguem ver, talvez, mas eu vejo muito bem. Não vou mais pronunciar o nome do meu irmão diante desse monstro e digo apenas o seguinte: temos que tentar nos livrar dele. Fizemos o que era humanamente possível para alimentá-lo e tolerá-lo, acho que ninguém pode nos censurar por coisa alguma".

"Ela está absolutamente certa", disse o pai para si mesmo. A mãe, que ainda não tinha ar o bastante, cobriu a boca com as mãos e começou a tossir com expressão aflitíssima nos olhos.

A irmã correu em direção a ela e levantou-lhe a testa. O pai parecia estar pensando nas palavras da filha de modo mais decidido, aprumando-se na cadeira, brincando com o boné do uniforme por entre a louça do jantar dos hóspedes ainda não recolhida e olhando vez por outra para um imóvel Gregor.

"Temos que arranjar um jeito de nos livrar dele", disse a irmã apenas para o pai, pois a mãe nada podia ouvir em meio à crise de tosse, "ou vai matar vocês dois, já posso prever. Quando se tem que trabalhar duro como nós temos, não dá para suportar um eterno tormento como esse em casa. Eu não aguento mais!" E irrompeu num choro tão violento que as lágrimas caíam no rosto da mãe sentada à sua frente, que esta secava com as mãos em gestos mecânicos.

"Mas, menina", disse o pai, com compaixão e notavelmente compreensivo, "o que podemos fazer?"

A irmã apenas ergueu ligeiramente os ombros em sinal de desamparo, que agora substituía a segurança exibida antes.

"Se ao menos ele nos entendesse", disse o pai, meio que perguntando; a irmã, chorando, fez um violento gesto negativo com a mão, para indicar que isso estava fora de questão.

"Se ele ao menos nos entendesse", repetiu o pai, fechando os olhos como para digerir a convicção da moça sobre a impossibilidade disso, "aí talvez fosse possível chegar a um acordo com ele. Mas assim..."

"Ele tem que ir embora", exclamou a irmã, "essa é a única saída, pai. Você tem apenas que se livrar da ideia de que é o Gregor. A gente ter acreditado nisso até agora é a nossa verdadeira infelicidade. Mas como é que pode ser o Gregor? Se fosse o Gregor, ele teria visto há muito tempo que a convivência humana com um bicho desses não é possível e já teria ido embora por vontade própria. Nesse caso eu não teria mais irmão, mas a gente poderia continuar vivendo e honrar a sua memória. Mas esse bicho nos persegue, afugenta os hóspedes, parece que quer ocupar a casa toda e nos obrigar a dormir no beco. Veja só, pai", exclamou de repente, "ele já começou de novo!" E com um terror que era totalmente incompreensível para Gregor ela abandonou a mãe, afastando-se com um repelão da cadeira onde ela estava e deixando-a lá como se preferisse oferecer a mãe em sacrifício a ficar perto de Gregor, correndo então para trás do pai, que, simplesmente agitado pela atitude da filha, levantou-se e ergueu os braços a meia-altura como para defendê-la.

Mas Gregor não queria assustar ninguém, muito menos a irmã. Tinha só começado a se virar para voltar ao quarto e isso era um bocado estranho porque, devido a sua lesão, para os giros mais difíceis precisava da ajuda da cabeça, que subia e descia várias vezes, batendo no chão. Parou e olhou em redor. Sua boa intenção parecia ter sido reconhecida; tinham tido apenas um pavor momentâneo. Agora todos olhavam-no em silêncio e com tristeza. A mãe jazia na cadeira, as pernas estiradas e coladas uma à outra, os olhos quase fechando de exaustão; o pai e a irmã estavam sentados lado a lado, ela com uma mão pousada no ombro dele.

"Agora talvez eu possa me virar", pensou Gregor, recomeçando o trabalho. Não conseguia reprimir o resfolegar do esforço e tinha ainda que fazer umas pausas para descansar. Mas ninguém o incitava e tudo dependia dele. Quando acabou de se virar, de imediato pôs-se a caminho do quarto. Espantou-se com a grande distância que o separava do seu canto e não conseguia entender como, na fraqueza em que estava, percorrera havia pouco o mesmo caminho quase sem ser notado. Ansioso apenas com seu claudicante rastejar, quase não atentou para o fato de que a família agora não o perturbava com palavras nem exclamações. Só ao chegar à porta virou a cabeça, não por completo, pois sentia o pescoço duro, mas viu que nada havia mudado lá atrás, apenas a irmã se levantara. Seu último olhar flagrou a mãe dormindo a sono solto.

Mal entrou no quarto, a porta foi rapidamente fechada e firmemente trancada. Gregor levou tamanho susto com o barulho que suas perninhas se dobraram. Era a irmã que tinha corrido para isso. Ela ficara esperando de pé e se lançou à frente com pés ligeiros, sem que Gregor a ouvisse. "Finalmente!" – gritou ela para os pais, enquanto girava a chave na fechadura.

"E agora?" – pensou Gregor ao se ver na escuridão. Logo descobriu que não podia mais se mover. Não ficou surpreso com isso, antes achou pouco natural que tivesse podido se locomover até ali com aquelas pernas finas. Quanto ao resto, sentia-se relativamente confortável. Tinha dor por todo o corpo na verdade, mas sentia como se estivessem diminuindo e fossem afinal parar inteiramente. Mal sentia a maçã apodrecida no dorso e a região inflamada ao redor, coberta de fina poeira. Pensava na família com amor, comovido. Sua própria opinião de que deveria desaparecer era talvez ainda mais firme que a da irmã. Nesse estado de reflexão vazio e pacífico ficou até que o relógio da torre deu três da manhã. O comecinho da aurora para além da janela ainda pôde sentir. Aí, então, sua cabeça involuntariamente pendeu por completo e suas narinas exalaram o último e fraco suspiro.

Quando a empregada veio de manhã cedo – tão cheia de energia e pressa que batia as portas com estrépito, embora já tivessem pedido muitas vezes que evitasse isso, pois sua chegada impedia o sono tranquilo na casa toda –, primeiro não viu nada de especial em sua curta visita costumeira a Gregor. Pensou que ele estava tão imóvel intencionalmente, bancando o ofendido; achava que ele era capaz de entender tudo. Como estava por acaso segurando a longa vassoura, tentou com ela cutucar Gregor e afastá-lo assim da porta. Como não teve sucesso, ficou zangada e empurrou um pouco a vassoura sobre ele. Só ao deslocá-lo sem qualquer resistência é que caiu em si. Ao perceber a realidade, arregalou os olhos, deu um assovio, mas não perdeu muito tempo, escancarando logo a porta do quarto e exclamando em voz alta na escuridão: "Vejam só, ele morreu! Olhem só, aí está ele, 'mortinho da silva'!"

O casal Samsa sentou-se ereto no leito conjugal, tentando entender o pavor da empregada antes de captar o sentido da mensagem. Aí pularam os dois da cama, cada um do seu lado, e saíram correndo, o Senhor Samsa com o cobertor sobre os ombros, a Senhora Samsa apenas de camisola; e assim entraram no quarto de Gregor. Nesse ínterim abriu-se também a porta da sala, onde Grete dormia desde a chegada dos hóspedes; estava inteiramente vestida, como se não tivesse dormido nada, o que seu rosto pálido parecia comprovar.

"Morto?" – indagou a Senhora Samsa à empregada, embora pudesse ela mesma constatar o fato e reconhecê-lo sem precisar verificar. "Foi o que eu disse", falou a criada, empurrando o cadáver de Gregor para o lado com a vassoura. A Senhora Samsa fez um gesto como se quisesse reter a vassoura, mas recuou. "Agora", disse o Senhor Samsa, "agora podemos dar graças a Deus". E fez o sinal da cruz, no que o seguiram as três mulheres. Grete, que não tirava os olhos do cadáver, disse: "Vejam só como estava magro. Há muito tempo não comia nada. A comida que a gente colocava voltava sem ser tocada". De fato o corpo de Gregor estava achatado e seco, viam agora quando não mais se erguia sobre as patinhas e podiam olhar de perto.

"Venha, Grete, venha aqui um instante com a gente", disse a Senhora Samsa com um sorriso triste, e Grete foi, entrando no quarto atrás dos pais, não sem olhar de novo o cadáver. A empregada fechou a porta e abriu a janela de par em par. Apesar de ser tão cedo, o ar fresco da manhã mesclava-se a um certo torpor preguiçoso. Já era final de março.

Os três inquilinos saíram do seu quarto e procuraram em vão pelo café da manhã; tinham esquecido deles! "Onde está o café?" – perguntou o homem do meio, de mau humor, à empregada. Esta pôs o dedo na boca pedindo silêncio e com impaciência apontou para o quarto de Gregor, para onde se dirigia. Eles foram também e ficaram de pé, as mãos nos bolsos dos paletós meio gastos, num quarto agora totalmente iluminado, em volta do cadáver de Gregor.

Aí abriu-se a porta do quarto do casal e apareceu o Senhor Samsa no seu uniforme, trazendo em um braço a mulher, no outro a filha. Todos tinham o semblante marcado pelo choro e Grete por vezes comprimia e enxugava o rosto no braço do pai.

"Saiam imediatamente da minha casa!" – disse o Senhor Samsa, e apontou a porta da rua, sem largar as mulheres. "O que quer dizer?" – perguntou o homem do meio um tanto atônito e com um sorriso macio. Os outros dois, mãos às costas, esfregavam uma à outra sem parar, como à espera de uma grande discussão que tinha, no entanto, que ser auspiciosa para eles. "Quero dizer exatamente o que disse!" – retrucou o Senhor Samsa, caminhando em linha com as duas acompanhantes na direção do hóspede. De início este ficou parado, olhando para o chão, como se reordenasse as coisas na cabeça de uma nova maneira. "Então, vamos embora", disse o homem, e alçou o olhar para o Senhor Samsa em súbita humilhação, como que pedindo permissão até para essa nova decisão. O Senhor Samsa apenas balançou a cabeça várias vezes afirmativamente, com os olhos bem abertos. O resultado é que de fato o homem foi imediatamente para o vestíbulo a passos largos; seus dois amigos já tinham escutado por um tempo, com as mãos bem quietas, e o seguiam agora aos saltos, como que temendo que o Senhor Samsa pudesse chegar ao vestíbulo antes deles e perturbar assim a ligação com seu líder. Na antessala os três pegaram seus chapéus no porta-chapéus, suas bengalas no porta-bengalas, inclinaram-se silenciosamente e deixaram o apartamento. Numa desconfiança que parecia sem qualquer fundamento, o Senhor Samsa saiu com as duas mulheres até o corredor do andar; apoiados no corrimão, viram os três homens descerem de fato as compridas escadas, a passos lentos mas constantes, desaparecendo em cada andar a uma certa curva da escadaria e reaparecendo um instante depois; quanto mais embaixo chegavam, menos interesse despertavam na Família Samsa e, quando diante deles e logo acima deles veio subindo um empregado do açougue carregando à cabeça com garbo o tabuleiro de entrega, o Senhor Samsa logo afastou-se do corrimão com as mulheres e, como que aliviados, voltaram todos ao apartamento.

Decidiram aproveitar o dia para descansar e passear; não apenas mereciam essa pausa no trabalho, como na verdade precisavam. E então sentaram-se à mesa para escrever três cartas de desculpas, o Senhor Samsa para a gerência do banco, a Senhora Samsa para os donos da loja de roupas e Grete para o chefe. Enquanto escreviam veio a empregada dizer que tinha terminado o serviço da manhã e já estava indo embora. Primeiro os três escribas apenas assentiram com a cabeça, sem erguer os olhos, só o fazendo, aborrecidos, ao perceber que a criada continuava lá, sem querer se afastar. "E aí?" – indagou o Senhor Samsa. A empregada, de pé na porta, sorria, como se tivesse ótima notícia para dar à família, mas que só daria se lhe pedissem direito. A quase ereta peninha de avestruz no seu chapéu, que já incomodava o Senhor Samsa desde que ela entrara para o serviço da casa, suavemente oscilava em todas as direções. "Então, o que é que você quer mesmo?" – perguntou a Senhora Samsa, por quem a criada tinha ainda o maior respeito. "Sim", disse a empregada e não pôde continuar com o mesmo sorriso amigável, "então, pois é, não precisam se preocupar sobre o que fazer com aquilo lá. Já está tudo em ordem." A Senhora Samsa e Grete curvaram-se mais sobre as suas cartas, como se quisessem continuar escrevendo; o Senhor Samsa, que notou que a empregada queria agora começar a descrever tudo em detalhes, impediu isso com um gesto firme do braço estendido. Como não podia contar nada, ela lembrou-se da grande pressa em que estava e, parecendo insultada, exclamou: "*Adieux* para todos", virou-se violentamente e deixou a casa batendo a porta com tremendo estrondo.

"Será demitida à noite", disse o Senhor Samsa, sem obter comentário nem da mulher nem da filha, cuja calma malrecuperada parecia ter sido perturbada pela criada. Levantaram-se as duas, foram até a janela e ali ficaram, abraçadas. Em sua cadeira, o Senhor Samsa virou-se para elas e observou-as em silêncio por um instante. E então exclamou: "Mas venham cá! Vamos logo acabar com isso! E tenham também um pouco de consideração por mim!" Imediatamente as mulheres obedeceram, correram para ele, fizeram-lhe afagos e rapidamente terminaram as cartas.

Então deixaram a casa os três juntos, o que não faziam há meses, e tomaram o elétrico para fora da cidade. O carro, que ocupavam sozinhos, era todo banhado pelo sol quente. Confortavelmente reclinados nos assentos, falaram das perspectivas futuras e, pensando bem, via-se que não estavam mal, pois os seus três empregos, sobre os quais não se haviam ainda questionado uns aos outros, eram extremamente proveitosos e sobretudo promissores. A melhoria maior da situação teria sido naturalmente instantânea e fácil com uma mudança de moradia; queriam agora um apartamento menor e mais barato, porém mais bem localizado e principalmente mais prático do que o atual, que ainda tinha sido escolhido por Gregor. Enquanto assim conversavam, o Senhor e a Senhora Samsa perceberam quase ao mesmo tempo, ante a figura da filha cada vez mais cheia de vida, como ela desabrochara nos últimos tempos, tornando-se uma moça bonita e exuberante apesar de todas as preocupações que empalideceram o seu rosto. Mais silenciosos e quase de modo inconsciente eles se entenderam pelo olhar e pensaram que era hora também de procurar um bom marido para ela. E numa confirmação dos seus novos sonhos e boas intenções, ao chegarem ao destino da viagem, foi a filha quem primeiro se levantou e esticou o corpo jovem.

"O que aconteceu comigo?"
A condenação de viver n'A metamorfose

*Leandro Garcia Rodrigues**

Franz Kafka nasceu em Praga, capital da antiga Tchecoslováquia, em 1883, na época em que aquela região ainda pertencia ao Império Austro--húngaro. De origem judaica, sua família pertencia à típica classe média burguesa do comércio, já que seu pai era dono de uma loja de comércio varejista de roupas e acessórios, na qual toda família trabalhava e/ou se envolvia de alguma forma.

De personalidade introspectiva e estranha, Kafka teve poucos amigos e uma relação difícil com sua família, principalmente com seu pai, sempre associado ao patriarcalismo de tendência autoritária, como foi bem representado no seu texto *Carta ao pai*. Teve vários relacionamentos amorosos com Felice Bauer, Julie Wohryzek, Margarethe Bloch,

* Leandro Garcia Rodrigues é doutor e pós-doutor em Letras (Estudos Literários) pela PUC-Rio, crítico literário e especialista em epistolografia: estudo de correspondências de escritores.

Dora Diamant e Milena Jesenská, dentre outras. Com todas, desenvolveu os relacionamentos especialmente através da troca de inúmeras cartas, gênero textual muito caro a Kafka, especialmente com Felice e Milena, com as quais trocou o maior volume epistolar.

Recebeu educação formal, era fluente nos idiomas alemão e tcheco, teve fácil acesso à leitura, especialmente os clássicos do realismo francês e a obra de Dostoiévski, por ele lida na sua totalidade. Estudou Química, área que logo abandonou para abraçar o Direito, iniciativa que agradou mais ao seu pai do que a ele próprio. Todavia, nesta graduação, teve contatos com grêmios e grupos literários, o que ajudou muito na sua formação de leitor e futuro escritor. Foi na Faculdade de Direito que Kafka conheceu o seu grande amigo Max Brod, a quem o autor legou sua obra e os seus manuscritos ainda não publicados, bem como centenas de cartas e o seu diário. Quando morreu, vítima da tuberculose, em 1924, Kafka ordenou Brod – via testamento – que este destruísse todos os seus escritos pessoais logo após a sua morte, pedido este que o amigo nunca respeitou, publicando o precioso acervo pessoal do autor d'*A metamorfose*, fazendo com que a obra de Kafka circulasse por todo o mundo, tornando-se uma das obras literárias mais importantes de todos os tempos.

A metamorfose foi escrita em 1912 e publicada em 1915, na revista literária *Die Weissen Blätter*; no ano seguinte, saiu em livro pela Editora Kurt Wolff Verlag, de Leipzig (Alemanha). Não causou qualquer impacto quando da sua publicação, como a maioria das suas outras publicações em vida. O sucesso e o reconhecimento crítico viriam anos depois da sua morte, quando se publicou o restante da sua obra e teve início uma certa tradição em torno do seu nome e da sua literatura.

Há muitas possibilidades de leitura e de interpretação d'*A metamorfose*, vários são os críticos, leitores e autores que afirmam a multiplicidade de sentidos deste texto. Em geral, afirmam-se as dificuldades e até impossibilidades de sobrevivência num mundo marcado pelo estranhamento, pela frieza e incompatibilidade das relações. Mundo este que monstrualiza e metamorfoseia pessoas e sentimentos: "Ao despertar de sonhos agitados certa manhã, em sua cama, Gregor Samsa viu-se transformado em um inseto monstruoso".

Ou seja, Kafka transforma Gregor Samsa numa sintomática metáfora da condição humana do séc. XX, tempo este marcado pelos mais diferentes processos de "nadificação" e/ou "coisificação" desta mesma condição, usando aqui as categorias filosófico-ontológicas muito defendidas por Jean-

-Paul Sartre, um grande leitor de Kafka. O fato de ser um nada traz consequências diretas ao seu corpo, que se torna escravizado pelas condições medíocres da vida:

> Tentou então tirar da cama primeiro a parte de cima do corpo e cautelosamente girou a cabeça para a beirada. Isso foi fácil também e, apesar de seu peso e largura, a massa corpórea por fim seguiu lentamente a mesma direção. Mas ao erguer finalmente a cabeça para fora, no ar, teve medo de continuar avançando e acabar caindo, caso em que só não se machucaria por milagre. E a cabeça era exatamente o que não devia perder agora de jeito nenhum; melhor era ficar na cama.

O narrador nos informa apenas que Gregor se transformou num "inseto monstruoso", não definindo exatamente qual seria este inseto, embora muitos leitores sempre fazem associação com a forma de uma barata. Na verdade, o que mais importa não é a definição desta forma, mas a condição animalesca à qual Gregor – e por metonímia o homem – estava condenado, daí a sua pergunta: "O que aconteceu comigo?" Tal animalização da condição humana escraviza e faz da vida uma experiência estéril, inclusive, nas relações com o tempo:

"Sete horas", disse a si mesmo quando o despertador tocou de novo, "sete horas e ainda esse nevoeiro". [...] Mas então disse a si mesmo: "Antes que dê sete e quinze, tenho que estar completamente fora da cama. Além do mais, daqui a pouco alguém deve vir da empresa perguntar por mim, pois ela abre antes das sete". [...] Já havia avançado tanto que mal conseguia manter o equilíbrio com oscilações mais fortes e tinha que tomar uma decisão final bem rápido, pois dentro de cinco minutos seriam sete e quinze – quando ouviu baterem à porta da casa.

Percebe-se que o tempo é a grande prova deste estado escravo e repetitivo, o que anos depois Charles Chaplin também denunciou no seu filme *Tempos modernos*, especialmente na cena de Carlitos fazendo inúmeros gestos repetidos, (des)apertando parafusos numa linha de montagem – representação da própria mecanicidade sem sentido da vida e das relações em certas experiências.

Outra leitura muito comum em relação a *A metamorfose* diz respeito à crítica, não verbalizada, em relação ao capitalismo e à noção de produção de riquezas, bem como ao nosso grau de escravização a esta mesma lógica. Na sua vida pessoal, Franz Kafka exerceu funções burocráticas numa companhia de seguros, emprego este que ele nunca escondeu que detestava, alegando a total insatisfação pessoal e profissional. Mas e a necessidade de um ordenado, de ter o que gastar? Tais motores próprios de uma sociedade capitalista o espantavam e o tornavam um estranho neste mesmo contexto. Neste sentido, a figura do patrão de Gregor é bem emblemática:

> "Gregor", falou o pai na sala à esquerda, "o gerente veio saber por que você não tomou o trem hoje cedo. Não sabemos o que dizer a ele. Aliás, ele também quer conversar pessoalmente com você. Então, por favor, abra a porta. Ele terá a bondade de desculpar o quarto desarrumado". "Bom dia, Senhor Samsa", falou o gerente em tom amistoso. "Ele não está bem", disse a mãe ao gerente, enquanto o pai ainda falava à porta. "Ele não está bem, acredite, senhor. Como Gregor ia perder o trem se estivesse bem? Ele só pensa no serviço, é a única coisa que tem na cabeça.

Como Gregor era um "bom" empregado, obediente e sempre cônscio dos seus deveres, o patrão se espantou com a sua falta ao trabalho, daí foi "buscá-lo" em casa, isto é, resgatá-lo para continuar a produzir.

Enfim, um último aspecto que julgo necessário de ser lembrado, n'*A metamorfose*, é a prática complicada do silêncio imposto ao protagonista logo após a sua transformação. Silêncio da família, silêncio dentro de si mesmo. O personagem de Kafka sofre intensamente de uma exclusão territorial e humana que se traduz em linguística, já que ficou enclausurado no pequeno espaço físico do seu quarto. O processo de exclusão a que Gregor Samsa fora submetido teve forte repercussão na sua linguagem, na sua comunicação comprometida e decadente. Mas não seria esta uma das maiores dificuldades deste tempo, o de comunicar-se? Creio que sim e, neste sentido, *A metamorfose* faz uma angustiada representação do absurdo e da falta de sentido da vida por meio da criação de situações insólitas, incompreensíveis, ilógicas que põem em xeque nossa capacidade racional de entender a realidade por ela denunciada e representada. No final, permanece sempre a mesma pergunta: "O que aconteceu comigo?"

Dialogando com outras artes

A metamorfose já provocou inúmeras adaptações e (re)leituras nas mais diferentes linguagens. Inclusive, certas obras não mantiveram o título original, porém o processo de intertextualidade se fez presente.

I – Cinema

a) *A metamorfose* (1975): produção alemã influenciada pelo cinema francês, foi adaptada e dirigida por Jan Nemec, teve no elenco Achim Strietzel (Gregor Samsa), Alfred Baarovy e Dieter Kettenbach.

b) *A mosca* (1986): com roteiro e direção de David Cronenberg, este filme é um excelente exemplo de intertextualidade com a obra de Kafka, pois o protagonista Seth Brundie é um cientista excêntrico que inventa uma máquina de teletransporte de matéria que, numa das suas tentativas, não percebeu que uma mosca entrou na cabine, causando uma violenta metamorfose genético--molecular em Seth, transformando-o numa mosca repugnante. No elenco estavam Jeff Goldblum (Seth) e Geena Davis, dentre outros.

c) *Kafka* (1991): com direção de Steven Soderbergh e Jeremy Irons no papel principal, este filme utiliza vários personagens e aspectos de diferentes obras de Kafka, inclusive *A metamorfose*. Trata-se de um ótimo filme de terror que explora o surrealismo, o delírio visual e o fantástico.

d) *A metamorfose* (2002): produção tcheca que teve direção de Valeri Fokin e no elenco Avangard Leontyev (Gregor Samsa), Igor Kvasha, Natalya Shvets e Tatyana Lavrova.

II – YouTube

a) Neste canal há inúmeros vídeos – curtos e longos – que adaptam e/ou dialogam com *A metamorfose*, sendo inviável enumerar cada um aqui. As linguagens são as mais variadas: animação, documentário, ficção etc.

III – Quadrinhos

a) Outro suporte igualmente difícil de ser enumerado, pois existem dezenas de adaptações d'*A metamorfose* para histórias em quadrinhos, "tirinhas", fanzines, textos híbridos com imagens e texto etc. O interessante é que, na maioria das vezes, altera-se a compreensão sobre o que Gregor Samsa se transformou: barata, mosca, lesma, carrapato etc., dentre outros insetos.

IV – Teatro

a) *Niklasstrasse, 36* (2012): adaptação direta desta obra de Kafka, teve direção de René Piazentin. No elenco figuravam atores da Cia. dos Imaginários: Aline Baba, Camila Nardoni, Luana Frez, Lucas Pinheiro e Mariana Viana.

b) *A metamorfose versão Androide* (2014): adaptação futurística feita pelo dramaturgo japonês Oriza Hirata, com robótica de Hiroshi Ishiguro. A peculiaridade desta peça é que a mesma não possui atores atuando, apenas o robô, que interpreta Gregor Samsa. Teve montagens em Tóquio, Nova Iorque, Praga e São Paulo.

Índice

Vozes de Bolso – Literatura

- O Pequeno Príncipe
  Antoine de Saint-Exupéry
- Dom Casmurro
  Machado de Assis
- Memórias de um Sargento de Milícias
  Manuel Antônio de Almeida
- O Alienista
  Machado de Assis
- O Cortiço
  Aluísio de Azevedo
- Iracema
  José de Alencar
- O triste fim de Policarpo Quaresma
  Lima Barreto
- Macunaíma – O herói sem nenhum caráter
  Mário de Andrade
- Amor de perdição
  Camilo Castelo Branco
- O primo Basílio
  Eça de Queirós
- Memórias póstumas de Brás Cubas
  Machado de Assis
- A moreninha
  Joaquim Manuel de Macedo
- Senhora
  José de Alencar
- Lucíola
  José de Alencar
- A mão e a luva
  Machado de Assis
- O Ateneu – Crônica de saudades
  Raul Pompeia
- Helena
  Machado de Assis
- Quincas Borba
  Machado de Assis
- A metamorfose
  Franz Kafka
- O Guarani
  José de Alencar
- Esaú e Jacó
  Machado de Assis
- A carta de Pero Vaz de Caminha
  Pero Vaz de Caminha
- O crime do Padre Amaro
  Eça de Queirós
- O processo
  Eça de Queirós